おかしな転生

XV

ドラゴンはフルーツがお好き

古流 望

NOZOMU KORYU

TOブックス

TERS

モルテールン家

ペイストリー
末っ子。領主代理。寄宿士官学校の教導員を兼任中。最高のお菓子作りを夢見る。

アニエス
ペイスの母。子供たちを溺愛する子煩悩な性格。

リコリス
フバーレク辺境伯家の四女。ペイスと結婚。ペトラとは双子。引っ込み思案な性格。

カセロール
ペイスの父にして領主。息子のしでかす騒動に悪戦苦闘の毎日。

モルテールン領の人々

シイツ
モルテールン領の私兵団長にして、従士長。

デココ
元行商人。モルテールン家お抱えのナータ商会を運営している。

ラミト
外務を担う従士。期待の若手。

ニコロ
財務担当官。金庫を任される苦労人。

スラヴォミール
農政担当官。アライグマ系男子。

CHARAC

レーテシュ家

セルジャン
オーリヨン伯爵家の次男。レーテシュ伯と結婚した。

レーテシュ
王国屈指の大領地を治める女傑。三つ子の娘たちを出産した。

聖国

ビターテイスト
聖国一の魔法使い。真面目な堅物でお菓子が苦手。ペイスの天敵となる。

リジィ
年若い聖国の魔法使い。能力の相性からビターとセットにされる。じゃじゃ馬娘。

ボンビーノ子爵家

ウランタ
ペイスと同い年ながらボンビーノ家の当主。ジョゼフィーネに首ったけ。

ジョゼフィーネ
モルテールン家の五女。ペイスの一番下の姉。ウランタの新妻。

カドレチェク家

スクヮーレ
カドレチェク公爵家嫡孫。垂れ目がちでおっとりとした青年。ペトラと結婚した。

ペトラ
フバーレク家の三女でリコリスの双子の姉。スクヮーレと結婚した。明るくて社交的な美人。

コウェンバール伯爵家

コウェンバール伯爵
外務閥の重鎮。カドレチェク公爵とは、時に手を結ぶ盟友、時に暗闘を繰り広げる政敵。

ハースキヴィ準男爵家

ハンス
当主。軍家の有望株で、アウトドア派の好青年。

ヴィルヴェ
ハンスの妻。モルテールン家の長女。通称「ビビ」。

オリバー
養女。ペイスと同じ年の頃。

プローホル
新人従士。ペイスの元教え子で首席卒業者。

傭兵団・暁の始まり

パイロン
〝赤銅〟の二つ名を持つ現団長。

バモット
暁の始まりの直営店で働くマスター。

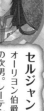

CONTENTS

第二十六章　ドラゴンはフルーツがお好き —— 7
洗濯日和の四方山話 —— 8
若夫婦の日常 —— 17
モルテールン家の現状 —— 29
暁 —— 41
傭兵の招聘 —— 56
喧嘩 —— 68
合同軍事演習 —— 78
森林掃討戦 —— 89
ボンビーノ家の現状 —— 104
ジョゼフィーネの現状 —— 121
ルンスバッジ家の現状 —— 132
ドラゴン —— 149
ペイスの反攻 —— 164
衝撃の作戦 —— 175

混乱と勝鬨　186
ドラゴンはフルーツがお好き　194
第二十六.五章　チョコレートはほろ苦く　209
あとがき　254
巻末おまけ
コミカライズ最新話　256

TREAT OF REINCARNATION

イラスト:珠梨やすゆき YASUYUKI SYURI
デザイン:ヴェイア Veia

第二十六章

ドラゴンはフルーツがお好き

洗濯日和の四方山話

白下月にもなると、世間一般では冬支度を始める。

薪《まき》を備蓄し、保存食を用意し、家屋敷の補修を行い、家畜を選別するシーズン。

モルテールン領でもこの時期は冬支度に忙しい時期であるのだが、元より南の暖かい地域にあるこの領では過ごしやすい時期でもある。

勿論《もちろん》、寒暖の差の激しい乾燥地域であるがゆえに、季節の冷え込みは厳しくなるもの。

しかし今年は、いつもの年とは毛色が違った。特に、家庭を支える主婦にとっては。

「今日は晴れそうかな?」

「大丈夫だってさ。急いで洗濯物を干さないと」

去年までのモルテールン領であれば、白下月には雨は降らない。本当に一滴たりとも降らない時期であった。

しかし、今年は月が替わって以降、何度となく雨が降ってきている。湿度も高くなり、冬になるにも拘《かか》わらず、夜でも暖かいと感じる日が続いている。

巷《ちまた》の噂では、領主家の跡取りがおかしなことをやり、呪《まじな》いのようなことをして雨が降るようになったと言われていた。

下がらない気温に蒸し暑い日々。冬でも増える発汗と洗濯物。そして月に何度も降る雨。

この環境に慣れない主婦たちは、実にてんやわんや。特に不慣れな雨が困る。折角洗って干していた洗濯物も泥が跳ねて洗い直しになる上、乾かない洗濯物が溜《た》まる一方。世の奥様方は、家事の手間が増える雨の日が好ましくない。

元より服など着古すまで着倒すのが平民である。服の替えも碌《ろく》に無く、かといって、洗いもしないで着続けた服や、生乾きの服となると臭いが酷《ひど》いことになるわけで、中には裸で過ごす者も出る始末。

特に、赤ん坊のオシメは大変だ。大人の服なら多少不潔になろうと着っぱなしが出来るが、赤ん坊のシモの世話は着けっぱなしなど論外のこと。紙おむつなど無いわけで、おむつは基本的に布おむつである。汚れるたびに洗わねばならない布のオシメ。大量に替えを用意していたとしても、雨が続けばあっという間に足りなくなる。

やむなく旦那の古着をオシメにしたところ、今度は旦那が着ていく服が無くなって、トップレス状態で仕事に行く羽目になった、などという笑い話があるほどだ。

つい最近モルテールン支店を開設した、衣料品を扱うホーウェン商会などは、布製品の特需によって、開設早々で王都本店並みの売り上げを叩《たた》き出したほどである。

「こうも量が多いと、井戸は混んでるだろうね」

主婦の一人がぼやく。

基本的に、洗濯物は綺麗《きれい》な水でやるもの。誰だって、下水の流れているところで洗濯しようとは思わない。

モルテールン領では今まではずっと、上水といえば井戸であった。水の管理が徹底的に為《な》されていたため、洗濯場もここと決められた場所で、決められた時間にしなくてはならなかった。だからこそ、年配の主婦は、どうしても洗濯といえば井戸に行かねばならないと考える。

「用水路を使えばいいじゃないのさ。最近はいつでも水を流してるって話よ」

若い主婦は、先輩主婦に用水路を使えばいいという。

これも、ごく最近の政策の一つ。

貯水池から常時上水を引き、生活用水として利用したのち、排水を田畑《でんぱた》に流用するという水のサイクルを試し始めたのだ。

元々農業用水を意図して作られた貯水池であり、生活用水の利用としては限定的であったものが、試験的に開放されている。

このまま貯水に苦労することが無くなれば、用水路はそのまま生活河川とし、使い方が変わる。使っていい日時を指定されていたやり方から、使ってはいけないタイミングのみを規制するやり方に変わるのだ。

基本的にはいつでも綺麗な水が使える。洗濯でも使いたい放題となれば、主婦にとっては朗報であろう。

「水が好きなだけ使えるってのは、贅沢《ぜいたく》な話だ。さすがはご領主様」

自分たちの生活が、年を追うごとに豊かで便利になっている実感のある者たちは、今の暮らしに何の不満も持たない。精々、旦那の稼ぎが悪いであるとか、姑《しゅうとめ》が口やかましいとか、子供が言うことを聞かないといった程度の話。政治が悪いなどとは欠片《かけら》も思わない。

その点でいえば、モルテールン家は善政を敷いているということになるのだろう。

他所《よそ》の領地の噂にも何ら規制をしていないモルテールン領では、他領の話も漏れ聞こえる。例えば、どこそこでは新しく独身税が課せられるようになっただとか、あそこでは領主が領民を奴隷のように働かせているだとか。何がしの所からは人が逃げ出しているらしいとか。

他家のスパイも横行しているモルテールン領では、想像以上に詳細な内部事情まで噂が流れている。誰の思惑で為されているかは言わずもがな。

「違いないね。そういえばドロバの奥さん、洗濯の為《ため》に傭兵を雇ったらしいのよ」

「洗濯に？」

「そう。あそこ小さい子供も居るじゃない。洗い物が大変だってぼやいたら、旦那さんが人を雇ってきたらしいの。仕事でも洗濯をしてる経験者だってことで雇ったそうなのだけれど、それが傭兵だったたって話よ」

「へえ、そうなの」

他家の人間を好き放題させているモルテールン領には、働き口や雇い主を求める人間も大勢やって来る。

特に多いのが商人と傭兵。

商人は、金の有る所、人の居る所には敏感に反応する生き物なので、当然ながらモルテールン領にもやって来る。遠くの領地から、珍しいものをもってきて大儲《おおもう》けしようともっていたら、他所の商人が同じものを持ってきていた、などという話があるほどには、色々なところから色々な商人がやってきている。王都、ナイリエ、レーテシュバルあたりに次いで、モルテールン領ザースデンは交易都市の様相を呈してきた。

勿論、他所からの産品だけがザースデンの特徴ではない。何よりもザースデンで商人たちが買いたがるのは、砂糖。そしてその加工品であるお菓子だ。

砂糖菓子は、そもそも日持ちがするため交易品として向いている。砂糖そのものも、最近では美食が富裕層の嗜《たしな》みとなりつつあることに伴って需要が高まっていて、どこに持っていくにしろそこそこいい値段で売れるのだ。

生産地であるモルテールン領で砂糖を買い付け、或《ある》いはお菓子を買い込み、他所の土地に持って行って売る。

これが本当に儲かるのだ。

そして、商人が集まるということは、付随《ふずい》して傭兵も集まることを意味する。

商人などというものは、運ぶものも価値のあるものであるし、何より金を持っている。少なくとも世間一般ではそういうイメージがあるわけで、そんな連中が丸腰で街道を行けば、まず間違いなく盗賊の餌食だ。

丸々太って美味しそうな豚が、腹をすかせた狼《おおかみ》の目の前で昼寝をする状況に近い。食べてくださいと言わんばかりであろう。

故に、商人は護衛を雇う。護衛として、武力を持った荒事専門の人間を雇用するわけだ。大きな商会ともなれば保有している常時雇いの連中も居るが、中小規模、或いは零細の行商人辺りは臨時雇いの傭兵を頼む。

臨時雇いの人間などというのはとにかくすぐにクビにされる。理由は様々あるが、片道で信用できなかったから、往路はともかく帰路は別に雇う、などというのはごく一般的な理由。

或いは、モルテールン領が単なる中継地であって、Aという地点からモルテールンまでは雇っていたが、これからBという地点に行くために、Aに戻りたがる傭兵はお役御免、などというケースもある。この場合などは、傭兵の方から帰路について都合の良さそうな商人を探して、自分を売り込む。

臨時で雇われてモルテールンにやって来た傭兵。これが、都合よくすぐに次の仕事を見つけられれば何の問題も無いのだが、中には仕事も無い状態で長期滞在を強いられるものも出てくる。予定していた働き口がふいになり、想定外の失業などというのも珍しくない。

糊口《ここう》をしのぐため、傭兵稼業に理解のあるモルテールン家をたのむものも居るわけだが、モルテールン家としてみれば、傭兵を傭兵として使わねばならない決まりはないわけで、単なる労働者として仕事を斡旋《あっせん》することもままある。

雨が降るようになった環境に慣れず、大量の洗濯物を抱えてしまい困っている主婦が居て、仕事が無いから適当な仕事をくれという傭兵が居る。

傭兵を洗濯屋として、仕事を紹介するなどは、ペイスのような柔軟な思考の持ち主なら当たり前の話なのだ。むしろ、傭兵を遊ばせたうえに困りごとが解決しない方が問題だろうと考える。他所の土地ではありえないことではあるが、モルテールン領では常識などという言葉は既に形骸化《けいがいか》して久しい。

人相も悪い、態度も荒い、しかも物騒な武器をぶら下げた人間が、洗濯籠の洗い物を持って川に洗濯に行く。剣と鎧《よろい》を身に着けながら、背中を丸めてチマチマと洗い物。実にシュールな光景であり、元傭兵のシイツ従士長あたりは苦笑いしっぱなしだが、ペイスあたりはにこにこ笑顔で見守っている。

「大の男が、一生懸命水辺の傍《そば》にしゃがんで洗い物してるのよ。あたしそれみてびっくりしちゃってさ」

「そりゃ驚くわ。コアンさんも、もう少し普通の人雇えばいいのに」

「お偉いさんが変なことをするのは、前々からじゃないか。家事のことに気を使ってくれるだけ良い旦那だよ。それに比べてうちの旦那は……」

主婦にとって、旦那への不満などというものは掃いて捨てるほどあるもの。旦那の愚痴を言い出すと、主婦たちの会話にも弾みが付く。

「おたくの旦那はもう出かけたのかい？」

「ああ。今ごろは泥だらけになってる頃だろうね」

更に洗濯需要を高めているのは、モルテールン家によって行われている公共事業だ。盛んに雨が降るようになったことで、領内の用水路では貯水量や流水量を溢《あふ》れさせてしまう事態に陥り、砂漠に片足を突っ込んでいたようなモルテールン領で、ついに大規模河川が整備されることになったのだ。

計画を立ち上げた際、カセロールやシイツが涙ぐんだほどに、モルテールン領では強く待ち望まれていた。

モルテールン領の南北をドンと貫きつつ、東西にも支流を巡らせる人工河川。貯水池からの連結も行われる計画であり、延伸《えんしん》の後に、北にある魔の森に流れる自然河川まで繋《つな》げる計画である。

そんな大それた計画を、庶民は〝何となく凄《すご》いことをやるみたい〟で済ませてしまうあたりが、モルテールンの人たちの素晴らしさだ。

今日も今日とて、どでかい工事を脇目に洗濯場へとやって来る主婦たち。

「さあ、さっさと洗っちまおうか」

「ホント、今日はいい天気だね」

洗濯場での洗い物は、性格がでる。

毎日やっていることだからとにかく効率優先で荒っぽい人も居れば、毎日のことであっても丁寧に洗う人も居る。

総じて言えるのは、女性たちが一か所に集まれば姦《かしま》しいということだ。

「どうして洗濯ものが増えるのかね」

「汚すやつらが居るからね。あんたのところは娘だからいいじゃないか。うちは息子が三人だよ。もういっそ裸で過ごさせてやろうかって思うぐらい汚すんだから」

大して目新しい話題が有るわけでは無いが、やはり子供の話題は多い。洗濯物を汚す主犯といえば、一に子供、二に子供。三四が無くて五に旦那である。

小さい子供が居る家ともなれば、食べ物はこぼす、地面は這《は》い回る、何でも手に持つ、口にする。それはもう、汚すなというのが無理な話なのだ。

だから洗い物も多くなる。それは仕方がない。仕方がないにしても、愚痴は出る。

「娘も大変よ。ほら、服のお店が出来たからって、綺麗な服を着てる人が増えたじゃない。それを見かけるたびに欲しがるんだから」

小さい子も大変だが、ある程度大きくなった子供も大変だ。

何でもかんでも口にすることは無くなる代わりに、何でもかんでも口を挟む。少しは静かにしていられないのかと辟易《へきえき》するぐらいには賑《にぎ》やかになる。

男の子の武器への情熱、女の子のお洒落《しゃれ》への熱意は、同等程度に親を悩ませるものだ。

とりわけ、ここ最近は王都にも店を構えるような流行に敏感な商会が、モルテールン領にも出店してきている。

今、プロの技で染め抜かれた色鮮やかな布地が織りなす輝かんばかりの装いに、モルテールン娘たちはメロメロの虜《とりこ》なのだ。

あれ買って、これ買って、それ欲しい。欲求には際限がない。なまじ、好景気故に懐が温かくなっている家が増えたものだから、あそこの子は買ってもらってた、などと言われれば親としても葛藤せざるを得ない。

「子供はすぐに大きくなるからね」

「娘ならすぐに嫁に行くさ」

いくつになろうと、子育ての大変さに終わりはない。

早く嫁に行けば楽になるのにと、母親たちは笑う。

「そうそう。大きくなるって言えば、ジョゼフィーネお嬢様の話、聞いたかい？」

「ああ、ついに旦那さんのところに行ったたって話だろ。あのお転婆《てんば》だったお嬢様が、人妻だからね。ホント子供が大きくなるのはあっという間だね」

モルテールン領の主婦たちは、朝から元気いっぱいだった。

若夫婦の日常

冬場は、王都であるならば社交のシーズンである。

寒い農閑期に高貴なる人々が集まり、暖かな場所で笑いながら親交を深めつつ、裏では陰謀がどす黒く渦巻く、笑いあり涙ありの楽しいシーズン。

モルテールン家も本来であれば社交に大忙しになるはずだ。世に聞こえた英雄が当主であり、近年稀《まれ》に見るほどに勢いがあり、金庫が溢れそうになるほどに大金を稼いでいる、今最も話題の家。どの貴族家もこぞって招待状を出し、どれほど細い縁であっても出来るだけ太くしようと努力を重ねるのが当たり前。カセロールの祖父の友人の息子が世話になった人、などという完璧に赤の他人である人間であっても、縁が有るのだと言い張って会おうとしてくる。

そんな有様だからこそ、モルテールン家の人間は、毎日毎日さぞや忙しいことだろう。と思われがちではあるが、意外にも本領たるモルテールン領はそうでもなかった。

元より社交の為に王都に貴族が集まる時期。【瞬間移動】でも使えないのでは、わざわざモルテールン領を訪れる人間も居ないわけで、日頃は来客も多い中にあって、閑散期とも呼べる状況が生まれていた。

その分、王都に常駐しているモルテールン男爵カセロールや、その妻アニエスは忙しいのだろうが、親の苦労は子供には関係ないと、モルテールン家の若夫婦はまったりとお茶を楽しんでいた。

「これ、美味しいですね」

ペイスは、お皿に置かれていた焼き菓子を摘《つ》まみ、素朴な感想を漏らす。

「ペイスさんに作ってもらった方が美味しいですけど」

夫の言葉が嬉《うれ》しかったのか、リコリスは軽く笑いながら答えた。

ペイスが美味しいと評した焼き菓子は、リコリス御手製である。お菓子については、元々さほど多くの種類を作れるわけでもないリコリスではあるが、唯一焼き菓子だけは自信を持って作れる。

ペイス直伝でもあるし、何より自分が何度となく焼いている得意料理なのだから。

世の中では超が付くほどのプレミア価格になっているリコリスクッキー。ペイスは、夫の特権として食べ放題である。

美味しい美味しいと言いながら、また一つ摘まんで食べるペイス。

リコリスは、ペイスの作る方が美味しいと謙譲の美徳を見せるが、夫にとってはそれこそ過ぎた謙遜というものである。

「そんなことはありません。リコの手作りクッキーは世界一美味しいですから、自信を持ってください」

「世界一は言い過ぎです」

自分の妻の手料理は世界一である。

これだけならばただの惚気《のろけ》だ。この言葉を本心から言えるだけ、ペイスは家族愛の強いモルテールン家の人間である。

にこにことほほ笑むペイスの笑顔に、リコリスも同じような笑顔になっていて、会話が交わされる雰囲気はとても暖かい。

「そうですか？　最近では社交界でも、手土産がリコのクッキーというだけで、壮絶な争奪戦になるじゃないですか。ほらこの間もハップホルン子爵に呼ばれてお邪魔した時、手土産がリコの手作り焼き菓子だと言った瞬間大勢に囲まれていましたし」

しかし、ペイスの妻自慢の惚気も、まんざら根拠のないことではない。何せ、レーテシュ家との料理対決において、モルテールン家側が唯一提供した菓子であり、勝利をもぎ取った菓子であり、国王のお墨付きを得た菓子なのだから。

今まで、高級化戦略というものを知らず、ましてやブランドの価値すら分かっていなかった神王国人に、最高峰のブランドの認識を図らずも植え付けてしまったのがリコリス製クッキーなのだ。

紛《まが》うことなく、世に唯一にして最高のブランド菓子であると、ペイスはもう一つ焼き菓子を摘まむ。

「あれはビックリしました。ハップホルン子爵家は子沢山だと聞いてはいましたが、実際に大勢に囲まれると、誰が誰なのか……」

「同じような顔が並んでましたからね」

ハップホルン子爵領の特産品は、子供である。

と、世に噂されるほどに子沢山で有名なのがハップホルン家だ。

側室を積極的に受け入れる代々の方針や、子供を作るのは良いことだという家風。子育てに注力する環境や、神王国の中ではかなり高い医療環境など。子沢山になり得る理由は多々ある。

更には子供たちに与える高い教育と、その教育を受けた優秀な人材の輩出《はいしゅつ》。これが、ハップホルン家を子爵家にまで押し上げた力の源。

子爵家としての地位を保っている理由は色々とあるのだが、基本的な部分が代々の当主家の子沢山だという要因は変わらず、そこから出てくるのは、ハップホルン家所縁《ゆかり》の人間の数の多さである。

とにかく子供を作りまくって、手間をかけて育て、あちらこちらに送り込み、自分たちの影響力を高めるという、実に変わった代々の生存戦略はつとに有名だ。

子供の数を増やして生存を図る戦略は、動物界では珍しいことではない。特に生態系の下部であればあるほど、子供の数は多くなるもの。

貴族社会の中でも似たような話であり、ハップホルン子爵家の影響力はそれ相応にあるものの、決して一定以上に伸びることも無い。とびぬけた実力を持たない代わりに、数で補うという家風。

ある意味、モルテールン家とは真逆の家風である。

モルテールン家も一応は親しく付き合う家の一つであり、何かとパーティーに招待されることもあるのだが、それはそれで大変だ。何せ、関係者一同が殆《ほとん》ど親戚という、実に身内臭の強いパーティーになりがちだからだ。

右を向いても左を向いてもハップホルン家の血筋。それはもう、似たような顔がそこここにあるわけで、さっき挨拶《あいさつ》した相手が誰だったか、紛れてしまうと全然分からなくなってしまう。

お面でも被《かぶ》ったかのように似通ったツラの連中が、一斉に同じ方向を向いて一つの手土産に殺到する。パニックホラーのような絵面だ。

リコリスは、話に聞いていたとはいえ、実際の現場を目にした時、笑顔を維持することが難しかったほどである。

「他にもハースキヴィ家にお邪魔した時、甥《おい》っ子たちに囲まれて……」

ハースキヴィ家は、モルテールン家の身内だ。ペイスの姉の嫁ぎ先であり、実家と縁を切った過去の有るモルテールン家としては、数少ない縁戚の一つ。

リコリスからしてみれば多少縁遠い感じはするので、積極的に自分から関わることは無かった家だ。しかし、リコリスが一歩引いていたからと言って、周りが気遣ってくれるかといえばそうではない。むしろ、話題の有名人ということで、機会があるたびに人が集まる。手土産が有れば尚更《なおさら》のこと。元より引っ込み思案な気質の有る彼女からしてみれば、親戚のお姉ちゃん、といった感じでぐいぐい集まって来るチビっ子たちの〝お菓子クレクレ攻勢〟には、たじろぐしかなかった。

義理とはいえ甥っ子や姪《めい》っ子を粗雑に扱うわけにもいかず。かといって、手土産で持ち込んだ自分のクッキーが原因で喧嘩《けんか》させるわけにもいかず。

ペイスが対応に回ってくれるまで、かなり疲れることになってしまったのは記憶に新しい話だ。

「もう、いいです……」

「僕の奥さんはお菓子作りが上手ということですね。自慢の妻です」

「うぅ……」

ペイスの妻自慢に、リコリスは赤面の至りだ。

別にお菓子作りが嫌いなわけでもないし、作ったものを美味しいと言われるのも嬉しいのだが、それを殊更に持ち上げて、世界一だと褒めちぎられるのは面はゆい。

くすくすと笑いながら、ペイスは妻を揶揄《からか》うのをほどほどにしておく。

「そうそう、お菓子作りが上手な奥さんといえば、ジョゼ姉様の評判も、お菓子作りが上手ということで噂になっていますね」

助け舟なのだろうか。ペイスは話題を別のものに切り替える。

リコリスとしてもなじみ深いペイスの姉。ジョゼことジョゼフィーネについてだ。一時期一緒に住んでいたこともあり、リコリスにとってはペイスを除いて最も親しいモルテールン家の人間といえる。

彼女は既にボンビーノ子爵家に嫁ぎ、今はモルテールン領を離れていた。

元々婚約の披露宴は派手に行っていたのだが、結婚式は質素に行ったという。伝聞なのは、若夫婦が結婚式に参列していないからだ。

参列しなかった理由は色々あるのだが、一つは敵対勢力の蠢動《しゅんどう》。

事前に日時が完璧に漏れている行事へ、モルテールン家全員が集まって、おまけに領地を空にするリスクを避けたことがある。

他には、バランスを取る必要があったこと。新郎であるウランタには、両親も祖父母も居ない。既に鬼籍に入っている。また、お家の継承時のごたごたから縁を切った人間も幾人か居て、ボンビーノ家側に親族と呼べるものが無い状況だった。片一方が沢山親族を呼び、招待客も多いのに、もう一方の招待客が少ない状況。これは明らかに上下関係を意識させる間違ったメッセージとなってしまう。

そこで、バランスを取って貴族的な体面を保つ為に、ペイスという大札をあえて呼ばないようにしようと両家で話し合った。ボンビーノ家側は数が少ないが、モルテールン家側は重要人物がいない。これでバランスが取れるという、多分に政治的な配慮の産物である。

こういった諸事情、ペイス当人やカセロール、或いはボンビーノ家一同やジョゼといった面々は納得してのことだったのだが、割を食ったのはリコだ。

出来れば仲のいい義姉の晴れの式には出たかったと、少し拗《す》ねてもいた。

「結婚式で手作りのお菓子を披露したのですよね」

ジョゼは、嫁入りに際して事前に特訓をしている。モルテールン家にとっては初めて自分たちより地位の有る家に嫁がせる結婚。自分の結婚で色々とトラブルのあった母アニエスが心配性を発症し、どうしてもジョゼを素敵なお嫁さんにしてみせると張り切り、嫁入り修業の特訓となったのだ。

何の特訓かといえば、お菓子作り。女性らしいことの多くが苦手というお転婆娘にとって、唯一付け焼刃でもそれっぽく偽装、もといお化粧出来そうな分野が料理だったのだ。ペイスという強い味方の協力もあり、何とかかんとか、簡単なお菓子の一つを覚えて、作れるようになるまでを特訓した。

実に大変だったとのちにペイスは語るが、これは余談である。

リコが伝え聞く限り、ジョゼの嫁入り前の特訓は功を奏したらしい。最初のお披露目の場で手料理を堂々と振る舞い、お菓子作りの上手な奥さん、という評判を得た。たとえ一種類の菓子しか作れないとしても、それがバレなければ料理上手で通せる。張りぼてでも良いところだが、悪評判からスタートするよりは遥《はる》かにマシである。少しでも良い結婚生活が出来るようにとの気遣いであり、散々な悪評判の中で社交をしていたアニエスの親心だったのだろう。

嫁入り前の一夜漬けとして、カトルカールの作り方をペイスが伝授したわけだが、リコも現場に立ち会っている。特訓を知るだけに、結果が上々というのは嬉しい知らせだ。

「ええ。ほんの一つ、お菓子の作り方を教えるだけでも苦労はひとしおでしたが、その苦労の甲斐《かい》はあったと思います。ボンビーノ家も良い嫁を貰《もら》ったということで評価が上がったと聞いています」

「幸せそうで良かったです」

ジョゼとウランタの仲は、とても良好であると報告があった。

貴族家の結婚などは政略結婚が圧倒的に多く、仮面夫婦もごろごろ居るわけだが、モルテールン家の娘たちは皆、旦那とはそれなりに上手くいっているらしい。

とりわけジョゼの場合は、相手に惚《ほ》れられての結婚である。女性の場合は、惚れさせれば勝ちだ。

「結婚式には父様と母様が出た為に、留守役の我々は顔を出せませんでしたが、近いうちに顔を出さないといけませんね」

「いつぐらいになりそうですか？」

ペイスとしても、ボンビーノ家の領地にはモルテールン家が租借した果樹園が有る為、これからも仲良くやっていきたいと思っている。

この果樹園、モルテールン家にとっても数少ない在外権益の一つであるが、ペイスにとってはモルテールン領だけでは賄《まかな》いきれないフルーツの供給源として、絶対に死守したい利権だ。長く実験を続けてきて、ここ最近でようやく実をつけ始めた宝の山。ビバ果樹園、フルーツ万歳、果物は世界を救う、である。

果樹園、もとい姉の結婚生活の為。折角の祝い事であれば、出来るだけ近いうちに顔を出し、祝いの言葉の一つも掛けてやるのが弟の務めであろう。

しかし、そうもいかない事情が横たわっている。

「せめて、北方防備が整うまでは難しいと思いますから、年を越してからでしょうか」

「年明けですか」

現状、モルテールン家の防衛について急務となっているのが北方戦線。魔の森とモルテールン領を隔てていた山々が綺麗サッパリ無くなったことで、不測の事態が予測されているのだ。少なくとも魔の森からの〝お客さん〟は増えるだろうことが確実視されている。

魔の森の深部に何が居るのか、詳しく知る人間は世界中探しても居ない。調べようと森に入って、出てきた人間が皆無だからだ。地獄に繋がっているだとか、悪魔が暮らしているだとか、怪物が住んでいるだとか、色々と言われているが定かなことは不明。

浅い部分に限っても、おおよそ神王国に生息する生き物は、人間以外全て生息しているとされていた。つまり、何が出てきてもおかしくない、ビックリ箱のような存在だ。

対策をしっかりとっておかねば、おちおち出かけることも出来ない。

「それまでは忙しいので、少々寂しい思いをさせてしまうかもしれません」

「……はい」

結婚式にも出られず、その後もしばらく会えないとなると、義妹としては義姉に対して申し訳なささえ感じる。

お祝いしてあげたかったと、少しシュンと気落ちしたリコに対し、元気づけたいと考えるのがペイスだ。

「領内の整備がひと段落したら、ボンビーノ家に行く前に、色々とお買い物に行きませんか？」

「お買い物？」

「ええ。折角ならリコも着飾っていくべきでしょう。幸いなことに今は当家も懐が温かいので、今の内から各商会に連絡しておきましょうか」

ショッピングは大いなる娯楽である。

自分の好きなものを買うというのは実に楽しいものであり、リコリスも勿論お買い物は大好きだ。日頃はあまり散財することもない慎ましやかな性格をしている彼女ではあるが、夫公認で、しかも義姉に会う為の装いという大義名分もあるとなれば常以上に張り切って買い物が出来る。

これにはリコリスも笑顔を取り戻した。

「嬉しいです」

「何か希望はありますか？」

「希望と言っても……」

服を買うというのなら、どんな服が有るかは見てみないと分からないし、仕立ててもらうにしても職人を呼んでから決めること。

宝飾品などは、服に合わせて買う方が望ましいわけで、服をどうしようかと考えている段階ではこれと言って欲しくなるものはない。

靴、ヘアアクセサリ、指輪。いずれもピンとくる物はないと、リコリスは少しばかり考え込んだ。

黙り込んでしまった妻に対し、夫がさりげなく提案を口にした。

「う～ん、そうですね。最近だと胸元に海を想起させるものを飾るのが流行らしいので、真珠のネックレスを探してみるのはどうでしょう。髪の色が淡いと真珠が目立たないのですが、幸いにしてリコは髪の色が綺麗なので、服と合わせて首飾りを選んでみるのも良いかもしれません」

ペイスは、リコリス以上に流行に詳しい。

これはモルテールン家の情報網が王都に有るからであり、日頃から流行にも耳をそばだてている母《アニエス》が居るからである。

女性のファッションには興味のないカセロールに比べ、前世、菓子職人として美についても多少の見識を持つペイスの方が、アニエスとしても話がしやすい。必然、流行についての会話はペイスが独占する。

時折、ペイスで流行の服を試そうとするからだという困った事情もあるが。

「楽しみにしています」

モルテールン家の若夫婦は、とても仲睦《なかむつ》まじく日々を過ごしていた。

モルテールン家の現状

モルテールン領ザースデン、領主館の執務室では、相も変わらず領主代理と従士長の凸凹《でこぼこ》コンビが執務に励んでいた。

親子ほどに年の離れた二人でありながら、長年の付き合いから息の合った仕事っぷりである。

領主の仕事というのは多岐にわたり、法律の制定、裁判の判定、税率の調整と納税管理、公共事業の執行と運営、軍政の整備などなど。ぶっちゃけ、仕事はいくらでもある。

どれにしたところで、基本にあるのはお金。何をするにしても、人とお金は必要であり、大雑把に言ってしまえば、どんな仕事を、誰が、幾らの予算で行うのかを決めるのが領主の仕事と言っていい。

世知辛い世の中、数々の施策のおかげもあって豊かな領地となっているモルテールン領でも、定期的にお金の管理は必要である。

「坊、今年の収支概算が出やしたぜ」

従士長のシイツがペイスに差し出したのは、今年一年の収支について。

普通、領地貴族の収入といえば税である。領民から徴収する様々な税をもって収入とし、領政にまつわる様々なことを支出とする。勿論、領政などそこそこに、収入の殆どを領主家の実入りとしても構わないし、領民に還元してもいい。税収を上げるために税を増やしてもいいし、或いは将来の為に投資してもいい。匙《さじ》加減は領主次第。

モルテールン家の場合、家の収入と領地の収入を分けるようにしている。税収の一部を給料代わりに貰いつつ、残りは全て領地の為に使う方針。これはペイスの助言も勿論あったが、当主たるカセロールが【瞬間移動】の魔法使いであり、多くの領地を色々と比較できたことも大きい。公私混同甚だしく、領地の税収と家の収入の境が曖昧な領地や、税収を贅沢品に使うような貴族の領地ほど、貧しくなっていくという事実を色々と見てきたからだ。

税として平民から財を吸い上げ、還元しなければ貧しくなる一方なのは当然。という現代人なら常識で分かりそうな理屈も、教育水準の低い世界では賢者の知恵になるわけだ。

「ご苦労様。どんな感じになりましたか？」

今後の領地整備計画に目を通していたペイスが、手元の資料を置いてシイツに尋ねる。

来年以降の予算を大雑把に目途をつけておくためにも、今年どれほど余裕があったのかを知っておくことは重要だ。

「ざっと、二千クラウン程度の黒字でさあ。細かい部分で一割前後までは上下するでしょうが、大体は数字も出揃《でそろ》ってますからそうそうずれることは無《ね》えでしょうぜ」

「……プラウ金貨二千枚ですか。相当な黒字ですね。急な工事もあったので、もう少し少なくなると思っていましたが」

二千クラウン。金貨に馴染《なじ》みのない人間ならばその金額にピンとこないほどの金額ではあるが、物凄く単純化した計算でいえば、一クラウンで、最低限の生活をしている一家が一年半から二年は暮らせる。これを、現代的な感覚で一クラウン五百万円程度と換算するならば、百億円ぐらいの収入になる。勿論物価の違いやら生活水準の違いやら、色々とあるので目安でしかないが、一地方自治体と考えても、相当な黒字である。

予算規模が二千クラウンなのではない。予算を執行し、余った金額が二千クラウンなのだ。モルテールン家の興隆が本物という証左であり、ペイスが部下たちに信頼されている所以《ゆえん》でもあろう。単価の高い砂糖と砂糖加工品が、阿呆《あほ》みたいに儲かるということでもある。

来年度は相当に大規模な事業も行えそうな感じだ。

「デココん所をはじめ、各商会からの上納金が結構ありやして。例の雨乞いの祭りで、儲けたからと。あと、雨乞いの踊りについては情報統制しやせんでしたから、盛大に商売のネタにしている所もあるようで。結構な大物も釣れたってんで、礼金もたんまりと」

魔法の飴《あめ》によって魔法使い以外でも魔法が使えるようになり、人手が確保できたことから山脈を消し去るという暴挙に出たペイスであったが、これによってモルテールン領の環境は激変。砂漠のような半乾燥地帯に雨が降るようになったわけだが、これは色々と問題が多い。そこでペイスが繰り出した一手が、雨乞いの踊り。

誰がどう見ても馬鹿らしいことではあるが、実際に踊ったら雨が降ってくるようになりましたテヘペロと開き直ったのだから、振り回される大人は大変だ。他の貴族たちは、実際のところがどうであったのかを慌てて調べる羽目になる。

モルテールン家の狙い通り、また雨乞いの踊りで部下からペイスの頭の中身を心配されたせいもあり、無事に雨乞いについての情報は各地に広まった。

スパイ天国として諜報員《ちょうほう》がうようよいるモルテールン領であるから、雨が降るようになったことなど即座に主だった貴族の耳に入っている。

しかし、そこからが対応の分かれるところだ。

『火を焚《た》いて踊ってみたら雨が降りました』

こんな話、まず最初は誰もが眉に唾を付けて聞く。いきなり信じろと言われて信じる人間が居たら、そんな人間は詐欺師の良いお客さんであろう。

疑って当然。裏を考えて当たり前。

次にやることといえば、更なる情報の収集というのが常識的な一手だ。

踊りにかこつけて魔法が使われていたのではないか。こっそり魔法使いが紛れていたのではないか。或いは、画期的な新技術が開発されたのではないか。はたまた、本当に踊りに超常の力が生まれる何かがあったのだろうか。もしかしたら宗教的な祈りや、邪教の力に頼ったのではないか。偶然が重なっただけではないのか。異常気象が起きていて、それをさも自分たちの力のように偽装したのではないか。雨が降ったというのは偽装や情報工作なのではないか。などなど。

推論や仮説を色々と立て、本当のところはどうなのか探ろうとする。

複数の仮説を同時に検証しようとする優れた家もあれば、思い込みで邪教徒を探せ、などとやる家もある。

何にせよ、モルテールン家にはスパイのお替わりが追加されるわけだ。今だけ限定の、スパイ特盛り諜報員マシマシ情報員付きセットである。

そんな新たにやって来た諜報員たちがどうするか。

まずは、手ごろな情報収集先として、商人に当たる。商人は金次第で口が軽くなるし、重要な情報も握っていることが多い。勿論、駆け引きに長《た》けた熟練者相手に、吹っ掛けられることは多々あるだろう。しかし逆に言えば、金さえ払えば、全くの手ぶらという可能性が極めて少なくなることを意味する。

モルテールン家と裏で繋がっているナータ商会などは、それっぽい欺瞞《ぎまん》情報を「真偽不明な重要情報」などと勿体《もったい》付けて売り、金貨を大量に稼いだのだ。それこそ、大物貴族の配下と思《おぼ》しき相手からは数百枚単位で金貨を搾り取っている。それがわざわざ何人もやって来るわけだから、笑いが止まらない大儲けだ。

ちなみに、一番の売れ筋は「シイツの魔法」についてである。千里神眼《サウザンドゴットアイズ》の裏技で、未来予知が出来るという〝噂〟の真偽を確かめたがる貴族が多いということだ。

おかげで、シイツがロリコンという噂までついでに広まっていることは、商人間の笑い話である。こればかりは、四十も過ぎて十三の嫁を娶《めと》ったシイツが悪い。

「それだけ、モルテールン地域に雨が降るようになった影響は大きいということでしょう。正直、そこまで大きな金額になるとは思ってもいませんでした。想像以上ですね」

「ええ。うちがあんまりにも金を貯《た》めすぎるってんで、他所から苦情がきそうな程度には儲かってまさあ」

金を払う人間からすれば、払った金を出来るだけ取り戻したいと思う。払った額に見合うだけの成果を得たいと思う。これは当然のことだ。

しかし、モルテールン家の情報戦の上手さ、情報操作の巧みさは年季が入っている。また、ペイスが複数の魔法を使えるという反則技もあるのだ。思った通りに有用な情報を、見合った金額で手にする人間の方が希少であり、大抵はゴミのような情報に大金を支払わされて泣きを見る。ぼったくられた所は、当然ながら悔しがる。しかし、ことは裏の世界の話。表ざたにして文句を言う筋合いのものでも無い。

不満はあるが文句も言えない。だが、何か一言言ってやらねば、ぼったくられた腹の虫がおさまらないというのも自然な感情。

モルテールン家は少々儲けすぎているのではないか、などという嫌味は、最近特に増えたもののひとつである。

「金貨だけを貯めこんでいても仕方がないですからね。お金は使ってこそ意味がある」

ペイスは、別に守銭奴でもない。お金などというものは、意味のあることに使ってこそだと思っている。

特に、お菓子に関して使うのであれば、何よりも有意義なことなので、どんどん使うべきだとさえ思っていた。

たとえ周りから趣味に浪費しすぎと言われようと、舶来品のフルーツに金貨を何十枚何百枚投じようと、お菓子を作るという大義の前には、僅《わず》かな支出であると言い張るお菓子馬鹿なのだ。

「貯めておいて安心を買うってのもありますぜ？」

勿論シイツも、ちょっと目を離すとペイスがとんでもないことに金を使い込むことは承知しているので、くぎを刺す。

お金などあったらあっただけ使うのが信条の傭兵だったころとは違い、今は所帯も持つお父さん。貯金の大事さは、良く分かっている。

「ある程度は安心のために貯めるのも合理的ですが、貯めすぎると別の不安を買ってしまいますよ。あそこに金が唸《うな》ってる、と思われれば、山を越えてくる連中が居るかもしれない」

弱肉強食を地で行く世界。財産を守るのは、自分でやらねばならない。人に頼るならば、上前を撥《は》ねられるのが世の常。力ずくで武装集団が押しかけてきて、金から何からごっそり奪っていくこともザラにあるのだ。盗賊であったり、泥棒であったり、或いは貴族の軍隊だったり、貴族の軍隊だったり、貴族の軍隊だったり。

通帳に数字だけ記入しておけばいつでも引き出せるような仕組みもないし、ましてや電子データ化されて物理的に安心ということも無い。

現物の財産を、実力で守る。それが出来てこその貴族だ。

モルテールン家の場合、山を越えたお隣に、敵対している他国の貴族領が存在する。停戦はしているものの、そんなのは口約束のようなもので、いつ何時襲ってくるか分からない。

金貨が大量にありますよ、などという話になれば、金貨の枚数に比例するように、他国の侵略危険性は高まる。

金が無いのも問題だが、貯めておけば安心というわけでは無いとはそういうことだ。

「そういえば、レイング伯爵の所も借金の整理が出来たってぇ話でしたかい」

「腐っても伯爵家。私財を盛大に手放し債務を圧縮し、親しい親族や知人から超低金利で金を借りて収支バランスを整え、ひとまず動けるように体制を整えたそうですね。往時に比べれば経済的な力は衰えましたが、だからこそ一発逆転を狙ってうちに襲ってくる可能性があります」

その他国の領主では、最も危険なのがレイング伯爵。対神王国強硬派であり、虎視眈々《こしたんたん》と神王国を狙っている、カセロール曰《いわ》く飢えた野良犬のような貴族だ。

かつてペイスが騙《だま》し……もとい、交渉の末に万を超える金貨をひっ剥ぎ、その影響から経済的に困窮し、とても山を越えてモルテールン領を襲うことが出来る状況では無かった。今までは。

しかし、流石《さすが》は高位貴族。色々と政策を施行し、また今までの積み重ねたものもあり、ここ最近はじわりと牙を見せ始めているという報告が上がっている。

「うちも変わりやしたから」

「ええ。かつてのモルテールンは既にない。今あるのは、雨にも恵まれるようになった広大な平地。今尚拡大を続ける可能性の塊です。レイング伯でなくとも欲しがる人間は多いでしょうから、政治状況次第では、敵が徒党を組んで大勢押しかけてくる可能性は否めない」

今まで二十数年、モルテールン領がレイング伯爵に襲われなかった理由は、モルテールン領が貧乏だったからだ。

軍を動かすのもタダというわけにはいかないわけで、ある程度の収益が見込めなければ軍を動かすだけ赤字になる。盗賊稼業もランニングコストが必要。赤字になることが分かっている相手は襲うだけ損である。

つまり、貧乏領だったことが、防衛戦略の要でもあったのだ。

しかし、ここ最近はモルテールン領も豊かになった。特に、雨が降るようになったことで、モルテールン領の農業生産力向上は、誰の目にも明らかになった。

こうなってくると、モルテールン領を襲った時、損失の度合い次第では利益が出るようになってくる。

「対策はあるんで？」

「何の為に山を西側に動かしたと思っているんですか。どうしてもこちらの兵力で対応できない大軍がやってきたら……モルテールン西部は大きな土葬場になるでしょう」

「怖え怖え。向こうさんはそれを知らねえ。幾つか分かれて別々になってなりゃどうします？」

「遅滞戦闘に努め、時間を稼ぐその間に援軍を呼ぶしかないでしょう。レーテシュ家を始めとする南軍や、父様の居る国軍はまず大丈夫。必要とあれば東部閥からも援軍を求めます」

「山に城を建てておくってのなあどうですかい？　金が有るんで、出来なくもねえですぜ？」

「そこまで露骨にしてしまえば、逆にヴォルトゥザラ王国を刺激します。今は内側を固めて、地力をつける時。対外戦は外交重視でいきます。これは、父様とも認識を摺《す》り合わせ済みですので、当家の総意と思ってください」

「外交ねえ。ってことは、色々と地ならしが要りますぜ」

「分かっています。正直、今までの外交方針が、時代に合わなくなっているというのもありますし」

モルテールン家の既存の外交姿勢は、等距離中立を旨とする軍家閥重視である。

これは、創設二十年以上、モルテールン家の主な収益源がカセロールの出稼ぎにあったからだ。主要産業が人材派遣業で、領地運営の赤字を傭兵稼業で埋めるという、独特のお家事情があった。この場合、モルテールン家の貴族社会での立ち位置は、他家が格安かつ便利に使える軍事力、というものだ。

お金次第で雇える魔法使いという存在。それを成り立たせるためには、前提がある。それは、神王国貴族の全てが、潜在的顧客であるということだ。

不必要に恨みを買っている家に雇われるのはリスクを背負うことになりかねないので、基本的にモルテールン家の外交政策は恨みを買わないことを前提として動くものだった。昨日の敵も今日の客。外交では、モルテールン家が大きく譲ってでも融和《ゆうわ》姿勢を心掛けてきたわけだ。

例外は、若気の至りで怒りを買ってしまったカセロールとアニエスそれぞれの実家である。

しかし、今は事情が変わってきている。カセロールが国軍にとられている以上、傭兵稼業をするなら残余の戦力でということになるだろうが、質という面では劣化が否めない。ワンマンアーミーな戦力と比べるのが間違いというのもあるが、急いで人を増やした弊害《へいがい》でもあった。

そもそも従士を雇ったとしても、訓練を含めて戦力化には時間がかかることから、軍事力的には急激な軍事拡張など不可能。何とか人材を集めてはいるが、専門軍人たる従士は三十人程。うち半分以上が経験の浅い若手だ。

数だけでいうのなら、領内の自警団のように多少マシな人間を徴兵して、二百程度がモルテールン家の兵力である。健康そうな男を根こそぎ徴兵して、後先考えずに領内の全兵力を動員したとしても千程であろう。これが現状のモルテールン家の軍備。極々一般的な男爵家相当か、むしろ爵位に比して少ないレベルだ。

対し、経済力的には相当に裕福である。

経済規模というなら、高位の領地貴族ともなれば、何十万枚、何百万枚もの金貨を動かす。が、これらは同時に必須の支出も同じぐらいあるわけで、二千クラウンの純収益というなら下手をすれば子爵家や伯爵家にも匹敵する。少なくとも、高位貴族の金銭感覚でも、明らかな大金と言えるだろう。必要経費は軍事的には弱小勢力であった時からさほど変わっておらず、経済的には急激に伸長したモルテールン家。儲けは増える一方。

こうなれば、仮想するべき敵対勢力の規模が、ドンと大きくならざるを得ない。今までの弱小なモルテールン家であれば、敵も本気で潰そうとはしてこなかった。一騎当千のカセロールを潰すには千人単位の軍事力が必要だが、それ程の軍を動かしてまで得られる利益が見込めなかったからだ。モルテールン家を仮に潰せたとしても、手にできるのは碌に稼げない乾いた土地。得られるものが僅かだからこそ、大軍を動かしてまでモルテールン家を潰す人間は居なかった。

しかし今現在、年間二千クラウンの純利益を稼げるほどに豊かになったモルテールン領。これほどの美味しい土地となれば、万単位の軍を起こしても、長期的に見れば採算が合う、と考える人間が出てくるかもしれない。

敵の規模の想定が、今までよりも格段に大きくなった。

ならば、今までのように等距離外交を維持するのではなく、近隣の領地貴族や、中央の実戦部隊とは緊密に連携を取るべき。

外交の方針転換とは斯様《かよう》な事情から生まれた。

近郊の領地貴族や国軍と仲良くすることで外務閥や内務閥、或いは他の地方閥に睨《にら》まれようとも、実際に軍事的に助けてくれる実益を取る方が、優先度としては高い。金を稼ぐための利益重視外交から、安全保障の為の軍事同盟外交へ。それが、モルテールン家親子の間で為された、お家の方針大転換だった。

経済的な補填を外部に頼って軍事力を輸出する形から、経済力を自活して軍事力を輸入する形に。ある意味で、ステップアップと言えるのだろう。

「時代に合わせた外交ですかい」

「ええ。遠くの貴族とも仲良くやる為、近場の貴族ともあえて距離を置いていたのが今までの外交。これからは、他所が疎遠になるとしても、近場の貴族とは徹底的に仲良くなります。その為に、必要とあれば積極的に社交に参加します。同時に、領内の開発も進め、人材育成と募集を続け、常備軍の創設を目指して動くことになるでしょう。自警団ではなく、専門の兵士集団ですね」

経済も軍事も最低レベルだった時代から、経済だけが急激に伸びる時代に突入した。ならば領主家として次に見据えるのは、経済規模にふさわしいだけの軍事力の整備である。

ヒットが出れば一気に大儲け出来る経済とは違い、人の育成は十年単位の時間が要る。動くとすれば、早い方が良い。

「何か考えはありますかい？」

「……そのことですが、シイツに少しやってもらいたいことがあります」

将来を見据えたペイスが、また新しく一手を打つ。

暁

神王国西部では、ちょっとばかり名の知れた傭兵団がある。

一皮むけば盗賊と変わらないようなゴロツキが多い傭兵という中にあって、統制の確かさと規律の正しさで一線を画し、あちこちの町の裏町や下町に深く根を張り、有望な孤児や貧民をスカウトし、育て上げることでも知られる傭兵団。

ヴォルトゥザラ王国と神王国が接する地域において、小競り合いが頻発する中で、必ずと言っていいほど戦場に現れる歴戦の集団であり、時には戦いの趨勢《すうせい》を決めるほどの重要な戦力と目される、戦闘の専門家たち。

その名を「暁《あかつき》の始まり」と呼ぶ。

元々の創設経緯を辿《たど》れば、神王国が領土を拡大する中で、今の神王国西部に触手が伸びてきた時、自分たちの村や故郷を守る自衛のために集まった集団が母体となっている。

紆余曲折《うよきょくせつ》を経て傭兵団となり、旭日《きょくじつ》の勢いのあった神王国側に立って人脈を作っていき、流民や貧民の受け皿となることで政治的にも一目置かれるようになった経緯がある。

また、初代の団長が非常に高い経営的なセンスを持っていたらしく、戦乱の時代に大きく稼いだ金を元手に、酒場や娼館《しょうかん》を始めとする幾つかの商売に参入。他所の傭兵団であれば平和な時には乞食《こじき》と変わらない状況まで落ちぶれることもある中、暁の始まりは平時でも団員を飢えさせない程度の安定を確保している。

戦いの中で輝く戦闘集団。貧しい者たちからはある種の憧れとなる存在であり、またある種の権力者からすれば便利であると同時にとても目障りでもある存在。

町の薄暗い中に居場所があり、日向《ひなた》と日陰の狭間《はざま》を埋める。まさに朝と夜の間にある暁そのものの彼らだが、中には眩《まぶ》しいばかりの光を放つ者も居る。

有名なところでいえば、大戦の中にあって獅子奮迅《ししふんじん》の活躍をし、神王国のみならず南大陸中に二つ名を知らしめ、神王国王都防衛線では吟遊詩人に謳《うた》われるほどの功績をあげ、浮浪児から一躍立身出世を果たした立志伝中の魔法使いシイツ＝ビートウィン。

モルテールン家従士長にして、〝覗き屋《のぞきや》〟の異名を持つ歴戦の勇者である。

他にも、数々の戦場で常に先頭に立ってきた、現団長にして〝赤銅〟の二つ名を冠するパイロン。一振りで三人を倒したという逸話を持つ剛腕、〝斧鬼《おのおに》〟ステイン。元貴族でありながら傭兵になり、洗練された戦いぶりから〝貴公子〟の愛称で呼ばれるアンドリュー＝モートン等々、一目も二目も置かれる猛者《もさ》が大勢所属している。

暁の始まりとは、貧民たちにとってのヒーロー集団なのだ。

現役を引退した者の中にも、有名人は多い。〝常宵〟の異名を持ち、今は酒場を預かるバモットもその一人。

かつては戦場を駆け回って勇名を馳《は》せていたが、引退後は裏路地の、知る人ぞ知る暁の始まり直営店で働くマスターである。

荒っぽい連中が常連の店。生半可な人間では客にすらなれない物騒な店に、今日も今日とて客が来る。

「久しいなシイツ」

強面《こわもて》の酒場のマスターが、来客の顔を見るなり破顔《はがん》した。

ずいぶん久しぶりにみる懐かしい輩《やから》だったからだ。

〝覗き屋〟シイツ。バモットにしてみれば、酒場の大将に収まる前からの同僚であり、戦友である。

「おうよ。ご無沙汰だ」

昔はそれこそ毎日のように入り浸っていた酒場。シイツは極自然にカウンターに向かい、バモットの前で椅子に腰かける。

「もっと頻繁に顔を見せろ。前に来たのは何年前だ？」

何も言わずとも、シイツの前にはジョッキが置かれる。勿論、中身は水やお茶ではない。ただ酔えればいいと言わんばかりの安いエール。酸っぱい割に味気なく、ちょっとお洒落なお店なら店に置くことすらない粗悪品。

しかし、それをごくごくと数口嚥下《えんげ》するシイツは、懐かしい味に頬を緩める。不味いし、悪酔いする酒ではあるが、若い頃から慣れ親しんだ故郷の味ともいえるものだ。

「十年ぐらい前じゃねえか？　うちの大将と一緒に、豚男爵をぶん殴りに行った時だろ」

軽くジョッキの半分ほどを飲んだところで、炙《あぶ》った腸詰が出てくる。昔馴染みだから出来る阿吽《あうん》の呼吸だ。

パキリと小気味いい音をさせながら、シイツは懐かしさついでに昔を思い出す。今でこそ従士長でございと、偉そうにふんぞり返っていられるが、ほんの十年ほど前はモルテールン家も貧しく、カセロールと組んで傭兵稼業のようなことをしていた。

何のために傭兵団を辞めたんだと、笑われていたのもその頃だろうか。情報収集を兼ねて、店に顔を出していたのも大体その時期だったはずと、懐かしさは膨らむ。

「そんなに前だったか。あの豚野郎はもう死んだぞ？　今は息子が跡を継いでる」

「マジか。少しは皆の暮らしもよくなったか？」

シイツの言う豚男爵とは、神王国西部にささやかながら領地を持つ領地貴族のこと。ヴォルトゥザラ王国とも通じていて、神王国に対しては面従腹背。それ故に色々とトラブルを起こしていたところで小競り合いが起き、大事にしたく無いからとカセロールが雇われて首を狙いに行った。過去の仕事の一つではあるが、シイツにしてみればあの当時良くあった仕事の一つだ。

大体、強いものにはペコペコしておきながら、裏で良からぬことをする人間というのは、弱い人間には徹底的に強圧的になるもの。その男爵領の領民は、皆が皆、可哀《かわい》そうなほど痩せていて、重税に喘《あえ》いでいた。こんな貴族はけしからんと、カセロールと共に義憤《ぎふん》に駆られた、若かりし（？）頃の微笑《ほほえ》ましい思い出である。

「全然駄目だな。息子も親父にそっくりの体してやがってよ。俺ら下々から搾るだけ搾って、自分だけぶくぶく肥えやがって」

「親子そろって碌でもねえな」

「どこの貴族様も同じだ。俺らからどれだけ搾るかってことに血道をあげてやがる」

暁の人間は、基本的には貴族嫌いだ。

元々が自衛のための自警団崩れがルーツだけに、権力や武力を背景に無理を押し通そうとしてくる奴《やつ》らが大嫌いな人間の集まりである。

雇い主が貴族であることが多いため、客としては一応付き合いはあるものの、常に平民側の立場にあるのが暁のスタンス。

だからこそ、カセロールと意気投合し、一緒に一旗揚げると言い出したシイツは傭兵団を辞めねばならなかったのだ。

貴族は嫌い。

しかし、物事には何事も例外が有る。シイツを通じ、モルテールン家などの幾つかの家とは相当に良好な関係を築いている。

いっそ、西部の方もモルテールン家に治めてもらいたいと冗談で言う程度には、モルテールン家に対して信用していた。これはバモットだけでなく、暁の人間の大半に共通している感覚だ。

シイツが居ることもそうだし、当主が傭兵仲間に片足突っ込んでいる変わり者というのもあるのだろう。半分ぐらいは身内感覚である。

「本業の景気はどうだ？」

安酒のジョッキを空にして、今度はいい酒を寄越《よこ》せと注文したシイツが、古巣の景気について尋ねる。

暁の始まりの景気の良さとは、即《すなわ》ち神王国西部の騒乱を意味するわけで、景気が上々というのは困りものなのだが、かといって仕事が無いのも困りものという、傭兵団ならではの懐事情。勿論、シイツはその辺もよく知っている。

「良くねえな。どっかの誰かさんところが、ヴォルトゥザラの中をかき回してくれたもんだから、こちとら戦《いくさ》のいの字も無ぇ。余計なことをしてくれたよ」

どっかの誰かさんといえば銀髪のお菓子狂のことなのだが、そもそもモルテールン家はヴォルトゥザラ王国に対して備えるのがお家のお役目。謀略だろうと何だろうと、敵国の中をかき乱して混乱させるのは国益に適《かな》うのだ。非難されるいわれは全くない。

勿論、酒場の人間もそこら辺は承知している。バモットの言葉は、シイツに対する揶揄いを多分に含んだ言葉だ。半笑いなのがその証拠だろう。

「あっちが揉《も》めてりゃ、欲深いのがちょっかい掛けるだろう」

それ故、シイツは少しばかり自慢げに、酒を飲む。

隣国が乱れているというなら、神王国としては理想的な状況。そして、ルーラー辺境伯を筆頭に、神王国の西部閥の人間としては攻め時でもある。

特にここ最近は東部や南部の景気が良い。南部は経済的に絶好調であるし、東部に至っては隣国の大貴族を潰して領土を拡張している。西部閥としても、負けじと張り切ってもおかしくない状況だ。

「いや、それがこっちもこっちで色々と揉めてんだよ。ほれ、王太子の嫁さんが北の方からだろ？」

「ああ」

神王国で北の守りといえばエンツェンスベルガー辺境伯家。彼の家を中心として北部閥を形成し、公国を挟んで大国と対峙《たいじ》している。

そのエンツェンスベルガー家の最近のビッグニュースといえば、直系の息女であるオリガ嬢を、王太子に嫁がせて次期王妃にしたことだろう。何事もなく順調に代替わりがあれば、次代のエンツェンスベルガー家は相当に影響力を拡大する。

政治的には一歩も二歩も抜きんでた偉業であり、北部はこれで将来も明るいとお祝いムードなのだ。

しかし、それが西部と何の関係があるのか。

「うちらの所の貴族様は、北の連中と王太子妃の席を争奪戦してたらしいからな。負けた報復が有るってんで、内輪の引き締めに走ってる」

「ああ、負け犬から勝ち馬に乗り換えようって連中が出るか」

南も東も独自に影響力を高めている。本来であれば、西部閥を纏《まと》めるルーラー伯辺りが音頭を取って、混乱する隣国から領土なり権益なりを力でもぎ取っても良い。しかし、伯は国内での影響力を直接的に取りに行く方針を選んでしまった。

結果、王太子妃を巡る政争にどっぷりとつかり、おまけに北部閥に負けたのだ。

ルーラー伯やその周囲に与えた衝撃は大きい。

軍事的には東部、経済的には南部、政治的には北部の伸張が著しい中、良いところが無い西部閥。地理的に中央寄りや北部寄りの人間が派閥を替えようと蠢《うごめ》くには十分すぎる状況だし、他所の陰謀家からすれば実に美味しい攻めどころでもある。

ルーラー伯としては、自分の影響下にある連中を引き締め、余計な蠢動を防ぐために力を注がざるを得ない。

「分からんでもないが、ことが王宮のことだろ？　そっちに忙しくて、西部は静かなもんよ」

「静かならいいじゃねえか」

お偉いさん方がどういう思惑でいるにせよ、戦争も紛争も内戦もないのなら、良いことだ。

傭兵団としては仕事が無いので厄介だが、西部に住む領民としては心穏やかに日常を送れる、理想的な状況である。

しかし、物事はそう単純なものではないとバモットは肩をすくめる。

「上の連中が王都に目を向けて足元お留守にすりゃ、その下の連中が悪さするだろうが。最近じゃ、うちの酒場にも酒を集《たか》りに来る連中が居る。奢《おご》らねえと、誰かしらがしょっ引かれるからどうしようもねえ」

「変わらねえな」

辺境伯を始めとする支配層の上部が、王都の政争とその敗北から影響力を落とし、それを取り返そうと必死になっている状況。政争の影響を軽減するなら、やはり王都で活動するのが一番だ。

辺境伯の手駒の内、優秀な者こそ王都に派遣される。優秀な軍人、有能な官吏、卓越した諜報員、真面目《まじめ》な兵士。そんなのがこぞって西部から王都に引き抜かれるわけだ。

では、残り物だらけの西部はどうなるか。

怠惰な軍人、無能な役人が責任ある立場に就き、防諜も取り締まりもザルになり、不真面目な兵士が横行するようになる。

結果、仕事をサボるもの、賄賂を取って不正を行うもの、法を犯すものが増えた。然《しか》るべき筋に訴えたところで、怠慢、収賄、無能が揃っている中、まともに捜査がされるわけもなく。良民はじっと大人しく、トラブルに巻き込まれないようにこそこそする。

夜は出歩かなくなるし、女性は家に閉じこもる。子供は隠されるし、金を外で使うことすら控えるようになる。

これで景気が良くなれば奇跡だ。

金回りが悪くなっている実感は、酒場の店主であるバモットも肌で感じること。シイツにしてみれば、お偉い人間の怠惰や無能で、下々の人間が苦労するというのも覚えがある。他ならぬシイツ自身が、不景気と不公平と戦乱によって孤児になった人間だからだ。

変わらない。懐かしき故郷の様子を聞き、皮肉気味の冷笑を隠さないシイツの言葉に、バモットは肩をすくめる。

「まあな。お前さんはどうだ。活躍してるみたいだが」

不景気な話をしても酒がまずくなると、景気のよさそうなシイツに水が向けられる。

経済的な面でいうのなら、神王国では間違いなく今最も伸びている家の中枢に居る人間なのだ。景気のいい話の一つや二つは有るだろうと、バモットはシイツに尋ねた。

「おうとも。今うちは右肩上がりでよ。俺も大将に重宝してもらってるし、坊ともうまくやれている。男爵様の右腕を自称してる」

わははと自慢げなシイツ。

普通こういった酒場の自慢話は話半分、いや一割程度に割り引いて聞いておかねばならない。もしも真面目に酒場の話を全て信じれば、神王国には稀代《きたい》の英雄が万単位で誕生し、モテまくる絶世の好男子が溢れていることになる。そんな都合のいい世界などあるわけもない。

しかしことシイツの自慢に関しては、掛け値なしに事実だ。

モルテールン男爵カセロールにとってシイツ従士長は無二の親友であると同時に、代えがたい腹心中の腹心である。

その証拠に、ペイスですら全ての存在を知らされていない、モルテールン家の裏の部分も、部下の中ではシイツとコアントローだけは知っているのだ。

右腕というならシイツ。左腕というならコアントロー。頭脳というならペイスが、カセロールを支えている人材である。

「噂は聞いてる。最近は南の方がバカみたいに景気がいいってな。羨ましい話だ」

「俺のおかげだな」

「言ってろ」

軽妙な軽口に、笑いが漏れる。

場末の酒場では自慢話こそが華であり、謙遜や謙譲は場にそぐわない。徹底的に自慢し、そして周りから貶《けな》される。これが酒場の呼吸というものだ。

「ああ、そうそう。そういえば、俺に子供が出来てな。嫁と一緒に毎日大変だぜ」

「何⁉　お前結婚してたのか」

ついでとばかりに、シイツがこぼした言葉に、マスターは驚く。

てっきり冗談の類かとも思ったが、シイツの口調はそうではなさそうだ。つまり、本当にシイツに子供が出来たという話なのだろう。

色街の常連だったシイツのこと、貴方《あなた》の子よと、どこの馬の骨とも知らないガキを連れて押しかけてくる女ならあり得ないでもないが、シイツが言うからには本当に認知している子供ということ。

青天の霹靂《へきれき》。まさに驚天動地の報《しら》せであろう。

結婚する奴は頭がイカレてると言い張り、独身を目いっぱい謳歌《おうか》していた覗き屋シイツともあろう人間が、所帯をこさえて子供まで育てている。

明日空から槍《やり》が降ってくると言われた方が、まだ信じられる話だろう。

「驚くようなことか？」

「だってよ、覗き屋シイツっていやあ、酒場二階の常連じゃねえか。よく嫁に来てくれたな。嫁さんはどんな女よ？　年は幾つだ？　子供は男か女か？　こっち戻ってくる気はねえか？」

あのシイツのゴシップ。これはもう、暁の連中からすれば絶対に聞き逃せない話だ。それこそ根掘り葉掘り、毛根の一つまでほじくり出す勢いで、質問の嵐だ。

いつの間にか周りにも人が集まってきて、オイマジか、嘘《うそ》だろ、どこで攫《さら》ってきた、ついにボケたかジジイ、などと失礼極まりないヤジが飛ぶ。

「嫁さんは十四の美人だ」

「糞《くそ》野郎、死ね」

結婚に年齢制限のない神王国ではあるが、一応成人後の女性を娶るということになっている。つまり、結婚可能年齢は大よそ十三歳程度から。適齢期は女性の場合十代後半ぐらい。二十歳も過ぎれば、大方の女性は結婚済みというのが当たり前。

シイツは既に四十を超えたおっさん。嫁を貰うにしても、旦那と死に別れた寡婦《かふ》であるとか、そういう話であろうと想像するのが普通だ。

若い奥さんを貰うというのは、酒場の男連中からすれば実に羨ましい話。若ければ若いほどいいなどという人種からしてみれば、成人間際の十三、四といえば垂涎《すいぜん》の条件だ。

そして、悲しいことにそういう若い女性を好む男性の数は、そこそこ多いと言える。

つまり、十四の美人、などという女性は、結婚相手を探そうと思えば幾らでも探せるわけで、男側からすれば競争率の高い相手ということになるのだ。

四十も超えたおっさんが、競争率激高の女性を嫁にとったとなれば、これはもう嫉妬を通り越して犯罪的である。

許せねえ、シバキ倒せ、ぶっ殺せ、とこれまた物騒なヤジが飛び交いだす。こういう雰囲気に慣れっこのシイツとしては、面白え、掛かってこいやと応戦する。

マスターが、シイツを殺すなら俺が先だから静かにしろ、と騒ぎを収めたところで、シイツも席に座りなおした。

「娘が無事に嫁に行くまでは死なねえよ。あっちで、出来れば婿を探してやりてえな」

人も、変われば変わるものである。

娘が生まれたことで、本当にいいお父さんになってしまったらしく、娘の婿を取って、後継ぎとして鍛えてやると言い出した。

「覗き屋シイツの娘婿か。スゲエ字面だわ。この話、俺が他所で言っても、仲間内じゃ絶対信じてもらえねえだろうよ」

「かもしれねえ。俺も今の幸せは出来すぎだと思ってるからな」

シイツが結婚し、相手は十代の美人で、娘が生まれていて、婿探しを希望している。

どれ一つとっても、仲間内でいえば酔い過ぎを指摘される事案だ。

呵々大笑《かかたいしょう》するシイツからしてみれば、仲間がそう受け取るのも理解できるだけに、ただ面白い。

「けっ」

常宵バモットが、苦々しそうな顔をしながら、コップをシイツの前に置き、どこからか持ってきたワインを開栓して注ぐ。乱暴な注ぎ方であるが、こぼれないように気を使っていることだけは分かる。

「何だよ、こりゃ」

シイツは気づいた。出された酒が、常宵の異名を持つ酒好きが秘蔵していた、銘酒であることに。

「俺の奢りだよ。諸々《もろもろ》幸せにやってるんなら、目出度《めでた》い祝い酒だな」

「お前からの奢りたあ、ありがたいね。明日あたり戦争でも起きるんじゃねえか？」

無類の酒好きが、人に大切に取っていたとっておきを奢る。これはそうそうあることではない。

「ぐだぐだぬかしてると下げちまうぞ」

「まてまて。奢り酒は飲み干すのが俺らの流儀だろう」

「お前さんがうちのことを忘れてないようで何よりだ」

同じ酒好き仲間として、覗き屋は杯を掲げて無言で飲む。高い酒を一気飲みという、実に勿体ない飲み方ではあるが、暁の始まりの人間としては、これが最上級の礼を尽くした飲み方である。

「ぷはぁ、うめえ」

「たりめーだ。奢った酒に文句言うようなら頭に一発入れてやらあ」

相も変わらず仏頂面のバモットではあるが、若干口元がニヤつきかけているのはご愛敬。

何のかんのと言っても、昔馴染みが所帯を持って幸せにやっているというなら喜ばしいことなのだ。

「こうしてここで飲むのも久しぶりだが……ところで、一つ面白い話があるんだがよ」

「何だ？」

そんな心温まるハートフルなやり取りの中、ふとシイツが真面目な顔で話し出す。

ここからが、彼の来た理由であり、ここにいる事情である。

「暁の連中、全員うちに来ないか？」

シイツの提案は、再び酒場を喧騒に包んだ。

傭兵の招聘

ある晴れた日のこと。モルテールン領ザースデンに来客があった。

それも、一人二人の少人数ではない。二百人を超える集団だ。しかも、その大多数が武装しており、如何《いか》にも物騒で剣呑《けんのん》な雰囲気を醸し出す連中ばかり。

すわ、盗賊かと勘違いしてしまいそうだが、彼らの大半は傭兵。

その代表者が、モルテールン領の領主館を訪れていた。

くすんだ茶髪にも見える金髪をしていて、体つきは筋肉質。身の丈190センチはあろうかという大男であるが、目つきは理知的であり居住まいは礼儀を身に着けたもの独特の大人しさを体現している。

総じての印象を語るなら、お行儀のいい大型犬といった感じだろうか。

「よく決心してくれました。歓迎しますよ」

ゴールデンレトリーバーのような男を迎え入れるのは、領主館の当主不在を預かるペイス。

愛らしささえある満面の笑みで客を迎え入れる。

「ペイストリー＝モルテールン卿《きょう》のお噂はかねがね伺っております。お会いできて光栄であります」

貴族の屋敷に招かれること自体慣れている風な大男は、軽く腰を折りつつも右手を左胸に当てて跪《ひざまず》く。非貴族階級の人間が、貴族階級の人間に向けて行う最上の礼。

この洗練された所作一つとっても、大男がタダ者でないことが分かろうというものだ。

「僕のことを知っていてくれているようなので自己紹介はしませんが、どうぞよろしく。えっと……」

「暁の始まり第六代団長パイロンであります閣下」

傭兵団〝暁の始まり〟の団長と名乗った男は、ペイスに対して慇懃《いんぎん》な姿勢を崩さない。

この礼儀正しい丈夫《ますらお》こそ、モルテールン家が総意で勧誘していた傭兵団のまとめ役である。

「閣下はよしてください。爵位が有るのは父ですから、僕は貴族号こそ有れ、無位無官です」

あえて、なのだろう。跪いている男に自分も同じようにしゃがんで手を取り、立ち上がらせるペイス。

実際、ペイスが社交の場に出るなら無位無官であることは事実。ただし、社交の場では親の一位階下の立場に準じて扱われるため、準男爵くらいの格は持っているのだ。それに、もしも当人が望んでいたなら、独自の爵位を手にする機会もあった。東部で幾つかの爵位が新設された時などがそれで、ペイスが意思表示さえしていれば、爵位の一つや二つは貰えるだけの手柄を立てている。貴族社会では有名な話であり、こと男爵位程度であれば、ペイスを格下扱いする貴族の方が珍しい。子爵位の人間さえ、ペイスに対して同等の扱いをすることがあるほどだ。

つまり、無位無官というのは建前に近い。

そんなことはペイス自身も承知のはずなのだが、あくまで同じ立場だから気楽にしてほしいとペイスはパイロンをもてなす。

「無位無官ってこたあねえでしょう。領主代行って肩書がありますぜ」

そんな見え見えの態度を取るペイスを茶化すのは、従士長《シイツ》の仕事である。

揶揄いながらも、場の雰囲気を和らげるのに一役買っているわけで、これこそ長年培《つちか》ってきた阿吽の呼吸というものだ。

「そうでしたっけ。何にせよ、僕にことさら堅苦しい口調は必要ありません。仕事をこなし、命令系統を遵守してくれるのであれば、細かい礼儀作法は問わないのが当家の流儀ですから」

重ねて、ペイスの口から礼儀作法を問わないと断言する。

元より傭兵紛いの騎士崩れが家を興して成り上がったのがモルテールン家。礼儀作法よりも実利実益、肩書よりは当人の人柄、地位や立場よりも本人の実力を重視するのが家の方針。家風である。

それを体現するかの如《ごと》く、シイツはペイスをぞんざいに扱いながら、パイロンに対してニカリと笑いかけた。

「そうそう。俺を見てりゃ分かるだろ、パー坊」

そして一言。どこまで行っても揶揄い口調である。シイツの言葉に、パイロンは苦笑いだ。

「シイツ兄さん、パー坊はよしてくだせえ。これでも暁の頭張ってるんですぜ？　他の連中に示しってもんがあるでしょうが」

ここまでくれば、パイロンとしても堅苦しい取り繕った会話は無理だ。

元より、パイロンとシイツは顔見知り。それも、幼い時からの知り合いなわけで、肩ひじ張った会話は長続きするはずもないのだ。姿勢を崩したパイロンが、シイツの揶揄いに頭をかく。

「しばらく見ねえうちに、いいおっさんになっちまって。昔は俺の後ろをチョコチョコついてくるクソガキだったくせによ」

暁の始まりには、元孤児の人間も多い。それどころか、現在進行形で孤児だという子供も何人か面倒を見ている。

これは創立当初からの伝統であり、昔からのやり方。当然、シイツが幼い時もそうだった。暁に拾われ、そこで兄貴分の先輩たちに面倒を見てもらい、長じてくれば自分が弟分たちの面倒を見るようになる。

そうやって可愛《かわい》がっていたシイツの弟分の一人が、今の六代目団長パイロン。歴史の重みと時間の流れを感じる話だ。

「二十年も三十年も昔の話じゃねえですか。俺がまだ聖別前の話じゃ？」

ペイスが用意したお茶とお菓子を楽しみながら、最早《もはや》遠慮もなくなったパイロンとシイツ。大昔の話を持ち出されてしまえば、懐かしさが溢れてくるではないか。

シイツがまだ青年、いや少年とも呼べる年で、パイロンが聖別前の子供だった時。それは、世間一般では一昔前と呼ばれる程度には古い話になる。

「あの時の坊主が今や暁の団長たあねえ。時が流れるのは早えこと」

「それを言うなら兄さんも、結婚して子供までこさえたって話でしょうが」

「おうよ」

自慢げにしているシイツではあるが、パイロンからすればこれこそ時の流れの凄さを感じさせる出来事である。万の敵を前にしてもビビるようなパイロンではないが、シイツに子供が出来たからと言われた時は本気でビビった。自分でも何に驚いたのか分からないぐらい、狼狽《うろた》えたのだ。絶対に変わらないと思っていたものが、変わってしまったことに驚いたのか、或いは、自分の中で強固に保ってきた兄貴像が根底から崩れてしまうことへの戸惑いだったのか。

とにかく、赤銅の二つ名を持ち、近隣にもその名を知られたパイロン団長ともあろう人間が、シイツの結婚と子供誕生の報せを聞いた時には右往左往したのは事実。

「兄さんのことを知ってる連中は、全員耳を疑いやしたぜ？　あの千里神眼《サウザンドゴッドアイズ》のシイツが所帯を持ったって」

正直、今でも信じられない気持ちがある。こうして本人の口から断言されたとしても、あのシイツが、という思いは拭えない。

「おい、その千里なんちゃらってのは止《や》めろ」

そんなパイロンの軽口を、ペイスは窘《たしな》める。

かつての若かりし頃。十代の物知らずだったころにつけた〝千里神眼《サウザンドゴッドアイズ》〟の異名は、子供も出来たようないい歳《とし》こいたおっさんにしてみれば若気の至りでしかない。他の、見も知らない人間から言われるならまだ聞き流せる。しかし、昔からの弟分に言われると、どうにも昔の古傷を抉《えぐ》られるような心地になるのだ。

「え？　でも、覗き屋って二つ名が嫌だからってぇ兄さんが自分で言い出したんじゃ……」

「いいから止めろってんだよ。これからはお前ら、うちに雇われることになるんだ。シイツ従士長様と崇《あが》め奉れ」

そう。ここにパイロンが居るのは、何も昔話を駄弁《だべ》る為ではない。

シイツの熱心な勧誘により、ついに暁の始まりがモルテールン家に雇われることになったのだ。

今日はその契約と条件詰めの為に居る。

「へいへい、シイツ従士長様様。それで、俺らの契約の詳細を確認していいですかい？　一応覚書は交わしてますが、正式に契約しておきたいもんで」

パイロンも、暁の始まりという傭兵団を率いる身。二百人からの大所帯を抱える組織のトップとして、契約ごとに手は抜けない。たとえ相手が昔世話になった兄貴分で、身内ともいえる人間だったとしても。

女子供を含め、生活を維持させるだけの稼ぎを得る。それが団長たるものの務めであり、暁の六代目の仕事なのだ。

こうなると、ことはモルテールン家と傭兵団のトップ同士の会談となる。つまり、領主代行のペイスとの会談ということ。

「勿論構いません。細かい数字は好きに確認してもらって構いませんが、大きく三つの契約事項ですね。確認してもらっていいですか？」

「へい」

仕事となると、従士長として補佐役に徹するシイツ。ペイスに差し出されたのは、契約条件をまとめた木札と、正式な契約内容を記した羊皮紙だ。

パイロンとしても、契約内容に落とし穴が無いか、入念にチェックする場面である。

「一つ、暁の始まり所属のうち、店舗経営等の非戦闘部門を除く、総勢二百十五名をモルテールン家で雇用する。雇用期間は五年で、お互いの内どちらかが言い出さない限り契約は自動延長される。延長期間は五年。契約破棄の場合は五年ごとの契約満了をもって行い、中途破棄は言い出した側が違約金を払う。契約についての細かい数字の変更も、更新のタイミングで話し合う」

「ええ」

まず最初の条件としては、契約の対等性。

貴族側がよく求めるのは、契約の継続自体は自動で行い、契約期間も長期間でありながら、契約の破棄については貴族側の意思のみで行うというもの。

強力な戦力である傭兵団を自分の支配下にとどめておきたい。しかし、都合が悪くなった時には切り捨てられるようにしておきたい。

そんな勝手な意図がにじみ出るような話だが、こういう契約をしたがる貴族は本当に多いのだ。

それに比べると、モルテールン家との契約は実に公平である。雇用期間も短すぎず、長すぎず。契約破棄についてのタイミングも更新の時のみと明確で、しかも契約破棄の権利が両方にあるというのも素晴らしいし、破棄時のペナルティが双方に科せられているのも良い条件だ。

パイロンとしては、文句などあるはずもない。

「一つ、給金とは別に、訓練や戦闘時の費用をモルテールン家が負担する。ただし、使途に関しては適時監査を受けること」

「それも問題ねえ」

金に関しても、揉めやすい部分だ。

良くあるのが、給金は弾むと言って実際に払うものの、食費やら住居費やら武装費用やらを全部傭兵団の自腹にさせる契約。

平時であればまだマシだろうが、実際に有事となれば、物資の消耗は著しいことになる。略奪やら何やらが許されていればまだしも、規律を重視する暁の始まりからすれば何から何まで自腹というのは手痛い。特に、武器や防具の消耗については、結構な金がかかる。

多少給金を弾んでもらったとしても、戦闘が何度かあれば赤字になってしまう、というようなケースも少なくない。

だからこそ世の戦争では略奪が横行するという事情もあるのだが、元々がそういった兵士の乱暴狼藉《ろうぜき》から身内を守る為に集った傭兵団としては、やらずに済む方が望ましい。

その点、モルテールン家の条件は金銭的な面でいえば破格と言える。前もって事前交渉してある給金だけでも相当な額であるが、必要経費をモルテールン家に請求できるというのが素晴らしい。これで心置きなく戦えるわけだし、訓練する時に防具が凹《へこ》むからと生身でやって怪我《けが》をすることもない。

監査というのが多少引っかかるが、モルテールン家側としては本来とは違った用途に経費を流用されても困るという事情もあり、パイロンも文句を言わずに受け入れた。

「一つ、雇用期間中は、傭兵団の人員にモルテールン領の市民権を付与するものとする」

「いいねえ。そんな条件は初めてだ」

そして何より破格な条件なのがこの市民権。

傭兵というのは、戦場を渡り歩くもの。自然、家と呼べるものを持つことは珍しくなる。行商人などと同じく、土地から土地に転々とするわけであり、身分保障をしてくれる人間は居ない。

地元の人間であれば、領主が平民としての身分を保証する代わりに税を徴収するわけだが、傭兵は移動するから税と言っても関所の関税ぐらいなもの。

税金を払わない人間を、貴族は守ってはくれない。傭兵が揉め事を犯した時、いざ裁判となったなら市民権の無い人間は一方的に抗弁することなく罪を負う。

或いは、例えば財産を盗まれたと訴え出たところで、そもそも財産権自体を認めてくれず、まともに扱ってくれない。路傍《ろぼう》に落ちている石ころと同じ扱いにされてしまうのだ。

無論、誰かに雇われている間はそれ相応に雇い主に対して訴え出ることは出来る。

しかし、どんな貴族であっても、税金を払ってくれる領民と、臨時雇いの傭兵であれば、領民の方を守るだろう。

モルテールン家との契約では、裁判権についても財産権についても、モルテールン領民と同等として扱うと明記されている。これは、根無し草を常とする傭兵としてはとてもありがたい。

不当に扱われることなく、当たり前のことを当たり前に守ってもらえるというだけでも、傭兵としては相当に好待遇ではないか。

「基本的に、領民と同等に扱い、権利は当家の名の下に保護されます。当然、果たすべき義務も領民と同等ですが、戦闘を専門とする専門職扱いとし、有事に際して当家の指揮下に置かれることを義務とする代わりに、納税や労役の義務は免除します。ま、当家雇われの兵士ってことですね」

「厚遇してもらい、ありがたい限りでさあ」

細かい数字なども見回して、特に問題ないとサインしたパイロン。これで、契約上は最低でも五年、暁の団員はモルテールン家の雇用兵となる。

モルテールン家としても、行く行くは期間ごとの定期雇用でなく、常時採用の兵士として雇っていきたい方針ではあるのだが、如何《いかん》せんお互いにまだ信頼の構築が不十分。これから時間を掛けて信用を積み重ねていかねばならないのだろう。

「さて、当家の兵となったからには、当家の事情も話しておきましょう。貴方方を雇った理由ですね」

「お願いしやす」

「現状、当家は危機にあります。経済的に急速に豊かになる一方で、軍備がそれに全然追いついていない。古い錠前しかないボロ屋に、大金が置いてあるような状況です。少なくとも、見張りぐらいはまともにしておきたいと思っています」

かつてはボロ屋に端金《はしたがね》しかなかったから泥棒もわざわざ来なかった。ボロ屋に大金が有れば、それはもう変な連中が襲ってくる確率は跳ね上がる。この確率は、今後上がることはあっても下がることは無い。

だからこそ、少なくとも見張りを付け、ボロ屋を改修し、新規建て直しを図っていかねばならないのだ。

「俺らが見張りってことで？」

「そうなりますね。最前線で危険なこともやらせるかもしれませんが、決して軽んじるつもりはありません。働きには正当な報酬で報います。それに、当家では従士長がシイツです。他所で雇われるより、はるかに風通しが良いと断言しておきます」

常時雇用の兵士が欲しい理由は、領民を徴兵できないタイミングでも使いたいから。農繁期や夜間といったタイミングで、自由に動かせる兵力があるというのはとてもありがたい。だからこそ、手間をかける分働きには大いに報いる所存。

そういう気持ちを隠さず伝えたペイスは、窓口をシイツに一本化することを伝えた。下手に格式張って貴族であるペイスとやり取りするよりは、昔馴染みの人間を通じた方がコミュニケーションも円滑に進むだろうという配慮だ。

もっとも、円滑すぎるのも問題があるようで。

「風通しは良いが、嫁さんは隠さねえとな」

ケラケラと笑ったパイロンの言葉は、多分にシイツを揶揄うものだった。

女癖の悪さが特に有名だったシイツを当てこすって、嫁を隠せと宣《のたま》ったのだ。

「パー坊、お前表出ろや!!」

シイツとパイロンが、二十年以上のブランクを感じさせない掛け合いを始めるに至り、ペイスは今回の施策の成功を確信する。

モルテールン家は精鋭主義。だからこそ数を増やす時も安易な水増しを望まない。暁の始まりという歴戦の傭兵団がこの調子でモルテールン家に親しんでくれれば、いずれは精強な常備軍の創設も視野に入る。

そうすれば、夜警領地からの脱皮も目前だ。

「シイツ。表へ出て何かするというのなら、その前に訓練場として使っている場所に案内してください。今日はそれで解散で良いでしょう。明日以降、運用体系について話しますので」

仲のいいやり取りをしている二人に対し、ペイスは早速指示を飛ばす。

まずは、目ぼしい施設の案内からだ。

「分かりました。じゃ、兄さん、頼んます」

「仕方ねえな。おう、こっちだ」

颯爽《さっそう》と前を行くシイツの後を、当然のようについていくパイロン。何十年とたっていようと、やはり幼い頃の記憶がそうさせるのか。二人の立ち位置は、極自然に決まっているようだった。

そんな二人を見送り、さて仕事の続きをしますかと気合を入れなおしたペイス。次の仕事はと目を向ければ、住民の家を強引に立ち退《の》かせた商会についての訴えがあった。裁判の最終判決も仕事の内と、訴状に書かれている内容を読み始める。代訴人の仰々しい文書を見るだけでも疲れるが、サボるわけにもいかないと黙々と仕事をこなす。

二つほど、仕事を片付けたところ。やる気に満ちていたペイスの元に、やけに慌てたアーラッチが駆け込んでくる。若手の一人で、今日は訓練場に居たはずの人物だ。

「若様!!」

「どうしました？」

血相を変えた部下の態度に、慌てることなく何があったか尋ねるペイス。

深呼吸で息を整えたアーラッチは、一旦息を吸うと大きな声で報告する。

「暁の連中が、暴力沙汰です!!」

喧嘩

怒号が轟《とどろ》く。

幾多の戦場で鍛えられた、耳の奥までずしんと残る胴張り声だ。聞こえてくる内容は、これまた戦場で嫌というほど鍛えられた罵声と脅し文句の数々。

「テメエ!! もう一遍言ってみろや!!」

どこの反社かと思うような荒っぽい声を出しているのは、暁の始まりに所属する団員のようだった。

それも、一人二人でなく何人も。おまけに、その集団の先頭に立っているのが暁の始まりの団長であるパイロン。

対し、そんなヤンチャな強面にたじろぐこともなく対峙しているのはモルテールン家の従士。それも、今日訓練していたはずの新人たちだ。

「一体何事です?」

「お、坊」

報せを聞いて駆けつけてきたペイス。

何だ、ようやく来たのか、と言わんばかりの抜けた声で応えたのがシイツ従士長。

ペイスの目には、シイツに対する非難の色が浮かんでいる。こんな大声で怒鳴りあうような状況を、何故《なぜ》止めないのかという非難だ。

勿論、面白がって喧嘩を煽《あお》るような愉快犯でもあるまいし、従士長たる人間なりに深い考えあってのことだろうと、直接口にして非難したりはしない。

「シイツ、説明を」

ペイスの言葉に若干棘《とげ》が含まれていたのは仕方がない。余計な仕事を増やしやがった連中に対し、平常心で接するほど出来た人間ではないのだ。それが出来るのは悟りを開いた聖人か、でなければ超絶にご機嫌な状態の菓子職人ぐらいである。

「暁の始まりの連中が訓練場に来た時、うちの若手連中も訓練中だったんで。で、丁度いいってんでお互いに挨拶させたんでさあ。そしたら、ああなったんで」

やれやれ、と両手をあげて肩をすくめるシイツ。

彼の説明の内容を端的に言うなら、挨拶したらああなった、と言っている。どこでどう間違って怒鳴りあうほどに険悪な関係になるのか。お互い良識と常識を持った成人であるはず。

片や精神鍛錬も受けているエリート教育で育った新人。片や、戦場で鍛え上げてきた屈強な精神を持つ傭兵。

どちらも精神的には成熟しているはずなので、早々喧嘩など起こりそうには無いのだが、たかが挨拶程度でここまでこじれるものなのか。

「挨拶の内容は？」

挨拶を交わしてトラブったというのなら、原因は挨拶の内容にしかない。どちらかが喧嘩を吹っかけて煽ったのだろうかと、ペイスは尋ねた。

「『お互いに頑張ろう』『何かあったら助けてやるぜ』と」

最初から現場にいたシイツは、挨拶内容を要約してみせる。

若手従士たちは、新しくモルテールン家に雇われ、恐らくは自分たちの部下となって働いてくれるであろう兵士候補者に対して、激励の言葉とともに挨拶をした。

そして傭兵の方は、これから新しく上役になるかもしれない若者に対して、傭兵流にごく普通の常套句《じょうとうく》を述べたのだ。

ペイスは、その内容を聞いて、少しだけ事情が見えてきた気がした。

「助けてやると言ったのは暁の方ですね？」

「ええ。その通りでさあ」

「そしたら、助けてやるとは何事かと若手が言い出した……って感じですか」

「ご名答」

「……双方の言い分、怒り方も分からなくもないですね。何となくですが」

そもそも、傭兵という意識の強い暁の始まりメンバーからしてみれば、お貴族様が自分たちを便利に使おうとしているのが当たり前。だからこそ、自分たちは足りないところを補ってやっているんだという意識を持つ。また、そうでなければ便利に使いつぶされてしまう。

あくまで補助の役割であることに徹するというのが傭兵の、分を弁《わきま》えた意見でもあり、自分たちの身を守る建前でもあるのだ。

逆に言えば、最初から全て丸投げして、お任せしますなどとやられるのが一番に質《たち》が悪い。成功すれば手柄は持っていかれ、失敗すれば責任を押し付けられる。こんな事例は腐るほどあるわけで、予防線という意味でも、あくまで自分たちは助けてやっているんだ、主体はそちらにあるのだと、最初の挨拶でアピールしておくのは当然といえば当然である。

そっちが主役で俺たちは脇役に徹するという宣言。傭兵の常套句とはそういうことだろう。

対し、若手たちは新しい兵士として迎え入れた。だからこそ一緒にやっていこうじゃないかと手を差し伸べた形になる。これから共に戦う同胞として迎え入れる最初の儀式が挨拶なのだ。戦場においては同じ旗の下、生死と背中を預ける間柄になろうという関係。自分たちの実力に誇りを持ち、モルテールン家の精鋭であるという自負を持つものとして、新たな同士に対しても、出来得るならば自分たちと同じような誇らしさを感じてほしいと願う。これもまた至極当然の発想だろう。

一緒にやろう。君たちも主役なんだよという挨拶。従士にとっては善意の塊だ。

しかし、互いに互いの立場に立ってみれば、これはもうお互いに喧嘩を売っているようにしか聞こえない。

傭兵としての意識から、自分たちは補助戦力でなくてはならないと戒《いまし》める人間にとって、従士と同じものを求められるのは不満しかない。臨時の派遣社員やアルバイトに対して、正社員と同じ意識の高さや責任感を求めるようなもの。何を言ってるんだと馬鹿にしたくもなるだろう。

しかし一方、将来は自分たちと同じように正社員になってほしいと思っている人間にしてみれば、より高い意識を持って、責任感を持ってほしいと考えるのは当たり前。そんな責任なんて御免被ると言わんばかりの態度をされれば、何だこいつらはと憤《いきどお》りも覚えるだろう。

暁の連中からしてみれば若手の連中は世間知らずの意見に聞こえ、若手の連中からしてみれば暁メンバーの意見は当事者意識のない無責任な意見に聞こえる。

売り言葉に買い言葉があるが如く、初《しょ》っ端《ぱな》の挨拶がこじれた結果、いつの間にか罵声の応酬になってしまったという。

「貴方が居て、止められなかったのですか？」

ペイスは、やれやれとばかりに溜息をついた。

こんなボタンの掛け違いは、仲裁する人間が居ればそもそも起きなかったはずのことだ。そんなことぐらいは、シイツであれば分かりそうなものだという溜息である。

「俺が？　いやいや、俺が出しゃばると余計に拗《こじ》れるってもんで。俺は元暁ですぜ？　若手かりゃすりゃあ、暁の肩を持つように見えるし、暁の連中からすりゃ若手をかばってるように見えるってもんで」

しかし、シイツとしてもつらい立場だ。

なまじ、どちらにも近しい立場であるがゆえに、下手に仲裁をしてしまえば、どちらの陣営から見ても、相手方の仲間に見えてしまう。

そんな人間が仲裁すればどうなるか。

それこそ、若手からすれば従士長が傭兵に狎《な》れていると感じるだろうし、暁の面々からすればシイツも所詮は貴族の手下だったかと失望を覚える。

シイツは仲裁に入らなかったのではなく、立場故に入れなかったのだ。ここには大きな違いがあると当人は主張する。

「立場的にそうなりますか……」

シイツの主張に対して、分からなくもないと理解を示すペイス。

モルテールン家のことも、暁のことも、両方詳しいシイツを案内役にしたこと。それが裏目に出てしまった形。ある意味では、ペイスの失敗ともとれる。

これは起こるべくして起きた、不幸な事故かもしれない。

「ここはやっぱり、坊の出番って話で」

シイツが言うように、この場を収めるのに最適なのはペイスだろう。どちらからも中立を保ち、今後の関係性を良好たらしめるよう仲裁するには、ある程度の話術とカリスマ性が必要。どちらも持ち合わせていて、仲裁に足る権威を持つ人物といえば、この場にはペイスしかいない。

「仕方ありませんね」

やるかたないとばかりに、再びの溜息をかみ殺したペイス。

大きく一息深呼吸の後、胸を張って腹から声を出す。

「双方!!　止め!!」

少年とは思えない大声が、訓練場に響く。

伊達《だて》に戦場を経験しているわけでは無く、空気を震わせるような衝撃と、そして誰の耳にもはっきりと聞き取れる明瞭さを持った、将としての威厳ある声だ。

戦の経験者たる傭兵はそれを聞いて即座に周囲の警戒をし、軍人教育を受けてきた若者は一斉に姿勢を正して敬礼する。

とりあえず、双方の罵声の応酬は止まった。

「話はあらかた聞きました。そのうえで、僕はこの地を預かる者として、騒乱を見過ごすわけにはいきません。お互いの言い分は喧嘩腰で話しても相手には伝わらない。一旦、この話は僕が預かります」

「はっ!!」

「けっ」

ペイスが割って入った時、従士たちはきはきとした返事をし、傭兵たちはあからさまに不満げな態度をした。

傭兵団長のパイロンはペイスが割って入った時点で何かしら思うところがあるのか、不平を表に出すような態度ではない。

パイロンの態度には、理由がある。

本来こういった揉め事の場合、問答無用で傭兵側の過失とされる場合が多い。それは、市民権の無い人間にはそもそも裁判を受ける権利が無く、上の人間が下す判定に異を唱えることも出来ないという、弱い立場だからだ。

勿論、あからさまに不公平な判定をされ、下手をすれば仲間の生死にかかわるような場合であれば、武力をもって抵抗することも辞さないだけの覚悟はあるのだが、今回のように双方にそれぞれ言い分があるのだとされてしまえば、弱い立場の人間を守ってくれる者はいない。

ただし、モルテールン家は違う。少なくとも、パイロンが交わした契約ではそうなっている。

ペイスと交わした約定、即ち領民や家臣と、傭兵を等しく平等に扱う約束。これがどの程度実効性があるのか、見極めようとしているのだ。

「当家では、喧嘩は両成敗が基本。しかし、双方の言い分を聞いてみないと話になりませんね。お互い、ことの起こりから、自分たちの主張をしてみてください」

傭兵の代表はパイロン。伊達に組織の長をやっているわけでは無く、理路整然と自分たちの正当性を主張してみせた。彼の意見だけを聞いていたなら、きっと第三者的には従士たちが悪いと思えるような意見陳述である。

そして、従士の代表はプローホルだった。首席卒業の金看板に偽りなく、自分たちが何を考え、どういう態度が不満であったのかを滔々《とうとう》と語ってみせた。

これもまた、プローホルの意見だけを聞いた人間がいたなら、傭兵はなんて粗雑なんだと憤るような弁舌である。

「双方の言い分は良く分かりました」

利害関係者から直接意見を聞く。真っ当な反論を述べる機会を与えられるだけでも傭兵たちにとっては驚きであった。

そして、更に驚きは続く。

「どちらも一理あり、今回はどちらにも罪なしとします」

喧嘩をしたにもかかわらず、お咎《とが》めなしの裁定。てっきり軽い罰ぐらいはあり得ると思っていた傭兵たちは、これにも驚いた。

「ただし、両方に対して僕から一言ずつ。まず若手諸君。貴方方は、治安を守り、騒乱を鎮める立場にあります。如何に不満を感じたからとはいえ、法を犯したわけでもない相手と、職務中に喧嘩をするなど言語道断です。大いに反省するように」

「はい」

「そして暁の皆さん。ここはモルテールンです。今までどういった立場で雇われていたのかは知りませんが、当家に雇われた以上、当家の流儀に従ってもらいます。その点でいえば、当家は従士だからといって威張るような者を許さないと同時に、傭兵だからという理由で甘える人間を許しません。今後、貴方方の背中には、守るべき民があると重々自覚しておくように」

「うっす」

従士には傭兵の立場を慮《おもんぱか》るよう苦言を呈し、傭兵には従士たちの期待していた職責の自覚を促す。喧嘩両成敗という形で、ペイスはその場を収めた。

「あとは再発防止の対応ということになりますが……そもそもお互い、まだ顔を合わせてさほども時間が無い。相互理解を深める必要があるでしょう」

「相互理解?」

ペイスの言葉に、じっとその場を見ていたシイツが反応する。

彼《か》の少年が、穏便にことを終わらせた後に、一言二言呟《つぶや》く。どうにも、嫌な予感がしてくるではないか。

「そうです。どちらにも立場があり、言い分がある。今まで過ごしてきた環境も違えば、常識も違う。そこを埋めるためにも、お互いの歩み寄りが必要でしょう」

「こいつらが悪いんじゃね？」

「何⁉」

「だから、それをやめなさいと言っています」

「しかし……」

ペイスが仲裁し、一応は収まったはずの両者であるが、火種が燻《くすぶ》っている様子がうかがえる。このまま放置は下策であるが、時間が解決するものでもないとペイスは判断した。

「こうなっては仕方ありません。強硬手段を取りましょう」

「坊、嫌な予感がするんですが？」

ペイスがとても素敵な笑顔を見せ始めた。

長い付き合いのシイツや、それなりにペイスのことを知っている従士たちには嫌な予感、いや、嫌な思い出がありありと思い浮かぶ。

事ここに至って、暴走機関車を止めるすべはないと、シイツ辺りは盛大に溜息をついた。

「両者に言い分のある喧嘩です。ここは両成敗といきましょう」

「両成敗？」

「お互いがお互いを嫌悪しあっている状況。無理やりにでも協力せざるを得ない状況に、叩き込みます。過酷な試練を課すことになるでしょう」

「具体的には？」

どうせ碌な事じゃねえだろうと、誰もが思う中、ペイスは呟く。

「……魔の森に遠征でもしますか」

北の森は、不気味に光を呑《の》み込んでいた。

合同軍事演習

「第一回、モルテールン家主催合同軍事演習ぅ～」

パチパチ、と少年の拍手のみが鳴る。

「ではこれから三日間、モルテールン家としては初めてとなる、大規模な軍事演習を行います」

ペイスの突然の思い付きにより、急遽《きゅうきょ》行われることになった軍事演習。参加するのは、若手の従士十二名と、暁の始まりに所属する傭兵たち。

「おうおう、若大将よ、盛り上げてくれっのは分かんだけどよ。軍事演習ってなあ一体何やらすつもりなんだ？」

「そうですね、ではまず説明から始めましょう」

教官としてのキャリアも持つという摩訶《まか》不思議な少年が、堂に入った説明を始める。

「当家は目下急成長を重ね、軍事的にもはっきり規模が拡大しています。しかし、残念ながら質に関して、低下していると言わざるを得ない。数年前までは、一騎当千と謳われた父様を筆頭に、多くの戦いを潜《くぐ》り抜けてきた歴戦の猛者が揃っていた。量を質で補うのが当家の流儀です。今、こうして三百に達しようとする勢力となったとしても、一人一人が精鋭であり、世界中のどこに出しても一流と呼ばれる存在でなければならない。如何なる困難であっても立ち向かう戦士たらねばならない。これは、当家の基本方針です」

モルテールン家は、万夫不当《ばんぷふとう》を地で行く極端な精鋭主義である。

当主カセロールに始まり、後継者のペイス、従士長シイツ、私兵副団長コアントローなどなど、主要な幹部が皆、そんじょそこらの兵士ぐらいは束で相手取れるだけの武芸者なのだ。特に、魔法使いとして名高いカセロールやシイツは、他国にまで名を知られる猛者。型にはまった時の凄さは言うまでもない。

そして、モルテールン家の人間は精強無比であるという評判は貴族社会でも定着しており、これが結構な外交的メリットになっている。

例えば、何かのパーティーに参加したとしよう。主催者としては、当然ながら参加者の身の安全を守る責務があるわけだが、ここにモルテールン家が参加するとなると、どれほど影響力があるか。一人で百人分ぐらいは換算できる人間が、数人居る。仮に敵対勢力が襲撃を企てていたとして、このモルテールンを無力化するために、どれほどの労力や戦力を必要とするか、考えただけでも分かろう。どこの世界に、わざわざ獰猛《どうもう》な猛獣がうろついていると分かっている場所に出かける人間が居るのか。賢い人間なら、猛獣の居ない瞬間を狙う。その方が明らかに楽だし、成功率も上がる。

逆に言えば、猛獣がうろついている間は疚《やま》しい人間が大人しくなる。

つまり、パーティーにモルテールン家の人間が参加する、と公になった時点で、パーティーにおける安全性は極めて高くなるというわけだ。

是非うちのパーティーにお越しください、という招待が増えることは当たり前。特に、来賓客が重要な人物であればあるほど、主催者はモルテールン家を招待したくなるのだ。

これが実に美味しい。労せずして、重要な人物と面識を得る機会が訪れる。外交的なアドバンテージとなることは間違いない。

だからこそ、ペイスとしてもモルテールン家が精鋭主義の看板を下ろすことに否定的なのだ。

最近急に増えた若手たち。或いは、今後モルテールンの看板を背負うことになるであろう暁の人間。どちらにしたところで、一般的な水準からみれば強者《きょうしゃ》だろう。士官教育で扱《しご》かれた若手にしても、戦場で鍛えられた暁にしても、決して精鋭と呼べないわけでは無い。十分に強者《つわもの》足りえる。

しかし、足りない。

普通の兵士でも、喧嘩自慢が上手くやれば勝てるかもしれない、と思わせる程度の強さ。強いには強いが、絶対に勝てないと思えるほどでもない。腕自慢が十人二十人と囲んでしまえば何とかなるんじゃないかと思わせてしまう程度の実力。

これは、モルテールン家が求める精鋭の水準ではないのだ。

経験が不足している若手、意識が欠けている傭兵。

この両者に、足りないものを手っ取り早く教え込むにはどうすれば良いか。

答えが、今回の合同軍事演習の名を借りた、実践である。グダグダと何度も話をするぐらいなら、実際にやらせてみて無理やりにでも叩き込む方が早い。

百聞は一見に如《し》かず、百見は一考に如かず、百考は一行に如かずという。言って聞かせてやらせてみる。スパルタ教育と現場主義は、モルテールン家の家風である。

これが、軍事演習の意義だ。

「そしてここ最近、魔の森から野生生物の出現が多数報告されています。ハード面で対策を進めてはいますが、強行偵察と早期進出によって被害を減らせるのなら、訓練ついでに出来て一石二鳥」

また、軍事演習の目的として、実利も求める。

モルテールン領内の土木工事全般はグラサージュが担当しているのだが、ここ最近野生の動物や生き物が現れる為に作業が滞ることが増えているという。水路を作ろうと穴を掘っている場所に、ウサギや狐《きつね》が横穴を掘ってしまって水が漏れるという事案や、イノシシが泥遊びの為に整備用の土山を壊してしまう事案、或いは単純に労働者が野獣に襲われる事件も起きている。

畜産を始めとする農業全般を担当するスラヴォミールからも、苦情が上がっていた。野生の鹿類が大量に湧いたことで、家畜の餌が食われてしまう事案が発生。鶏やヒヨコが、小型肉食獣に襲われて食われるという事件も起きている。

森林管理長のガラガンなどは、もっと直接的に被害を訴えていた。今のモルテールン領は水に困ることが無くなったため、多くの植樹を試そうと色々とテストしている段階。かなり金を使い、苦労して手に入れた果樹の苗であったり、広葉樹の苗木が、根こそぎ食われる事件が勃発。自分の仕事を台無しにされたガラガンは、ペイスの元まで駆け込んできて、山狩りをやろうと主張した。

かくの如き状況である。出来るだけ速やかに魔の森に対して対策を取らねばならないと、家中の意見は一致をみた。

そこでペイスは、これを利用しようと考えたのだ。

「今回の作戦目標は、魔の森の正確な地図を作成すること。理想は全域ですが、流石にそこまでは難しいので、ひとまず森の外周部から一キロ圏内を第一目標、二キロ圏内を第二目標と定め、正確な地図を作ってもらいます」

「はっ」

魔の森からの害獣対策を行うにあたり、まず最初に為すべきは何か。

それは当然、正確な情報を集めることである。

どんな生き物が居るのか、どんな地形なのか、どんな植生なのか、どんな環境なのか。調べねばならないことは多岐にわたる。

そしてこの〝調べる〟という作業。軍人にとっては斥候《せっこう》の仕事の初歩でもあるのだ。

「従士諸君には改めて言うまでもありませんが、確実性のある軍事行動における地図の重要性は、極めて高い。地図のない軍事作戦など、目隠しをして戦うようなもの。当家の領地が魔の森と繋がった現状、最低でもモルテールン領近縁のことは調べておくべきです。この演習は訓練です。しかし同時に、当家の今後を左右する重要な情報戦でもある。心してことに当たってください」

「はっ」

若手たちは、学校で地図の読み方を習った。どの教官に教わろうと、最低限のこととして地図を見ながら行動出来るようには教え込まれる。

ペイスの教え子たるプローホルなどは、更に洗練された等高線地図をペイスから教わっている。

彼らに共通することといえば、地形を把握することの重要性と、地図の価値を知っていることだ。

対し傭兵は学が無いので、地図の読み方など団長のパイロンを始めとするごく一部の人間しか知らない。しかし、地形把握の重要性については、若手従士以上に骨身にしみていると言える。特に負け戦の時、身一つで逃げた時などは、水場や通行可能な場所を知らねば、死ぬ。それはもうあっけなく死ぬ。そもそも簡単に生き延びられるような場所ならば、森は人の住処《すみか》になっている。人が簡単に住める場所で無いから、手つかずの場所なのだ。

生存困難な場所では、地形や地理の知識が命をつなぐ。これは、傭兵たちも我が身をもって覚えてきたことであり、ペイスの言うことは深く理解と共感を覚えるものだった。

「それでは班分けです。一班、中隊長兼班長プローホル。副班長パイロン……」

さしあたって、合同演習の意義と重要性を皆が理解したところで、今回は小分けに班分けされる。

原生林が生い茂る未開の森で、大人数がまとまって行動出来るはずも無し。少人数で分散するのが基本である。

そして何より、班長役の若手従士と、その手足となる兵士役の傭兵たちという組み合わせ。将来のモルテールン領軍の体系化を見越した、予行演習のようにも思える。今の内から訓練として試してみて、問題点を洗い出そうという意図が透けて見える組み合わせだ。

若手の多くはエリート意識を持ち、モルテールン家の家中で出世し、あわよくば将来的には独自の爵位をとまで目論《もくろ》む、野心家と呼べるほどで無いにしても上昇志向の強い人間。従士となって、小さな班とは言え一隊を預けられるというのは、飛躍の大きな足掛かりになり得る。

また、暁の面々についても同じこと。将来、本当にこのままモルテールン家にずっと雇われるとするならば、今回の班というのは試金石足り得る。もしも若手従士連中以上に活躍してみせれば、或いは大きな手柄を立てれば、取り立てられて従士となることもあり得ると考え始めた。実際、モルテールン家には傭兵から取り立てられて大出世し、下手な貴族よりも影響力のあるシイツという実例もある。自分が第二第三のシイツとなる可能性は、目の前に転がっているのだ。

それぞれがそれぞれに、今回の演習について本気になり始める。

「七名ずつの三十班となりますが、それぞれ手分けして作業を行います。一班のみは僕の傍にあって護衛兼任で本陣役。他は中立地域での偵察任務中という想定とします。与える任務は、正確な情報を集めること。二刻ごとに必ず連絡を取ることとし、本陣の指示には絶対に従ってください。他は通常訓練通りとします」

若手たちにとっては、斥候を模した演習は慣れたもの。通常訓練と言われても、細かい部分はばっちりと頭の中にある。

補給は本陣が責任をもって管理するであるとか、連絡役は二名を基本とすることなど。通常の訓練で基礎となる部分は言われずとも理解しており、それこそ今まで培ってきた訓練の効果でもある。何かあった時の思考の余地を極力減らし、通常作業《ルーチン》で出来ることを増やし、より高等な判断を要する部分に思考と士気を集中できるようにするのは訓練の本義である。

日頃の訓練の成果を試す場が演習。実戦を想定して行う、実践訓練だ。

気合も十分に担当エリアに進行する二十九班。

それぞれが分担して地図を埋めれば、さほど苦労せずともモルテールン近縁の森の地図が出来上がる計算だ。

「順調ですね」

こっそりと魔法で監視しつつ、ペイスは各班からの逐次報告を聞き、状況を把握する。傍に居るプローホルやパイロンは、ペイスの補佐役兼参謀役だ。

特に、プローホルの果たす役割は大きい。冷静な判断力を持つと評価されている彼は、将来の幹部候補生として現在色々と教え込まれている最中であり、今回の演習においても指揮を任されている。一班の班長を兼任しつつ、全体の指揮だ。上がって来る報告を聞きながら、現場の状況を推察しつつ、指示を考え、下していく。

勿論、プローホルでは危うい事態だと判断すればペイスが指揮権を持ってフォローすることもあり得るが、基本的にはペイスは秘密裡《り》の情報収集に徹していた。

「思っていたほどではないな」

パイロンは、恐ろしいほどに順調な演習に拍子抜けしていた。

ペイスがあれほど脅していたのだから、魔物の一体や二体は覚悟していたのだ。何せ入る場所が魔の森だ。怪物の一体や二体襲ってきても、不思議はないと気を張っていた。しかしふたを開けてみれば、平穏そのもの。地図は順調に埋まっていっている様子だった。

「隊長、五班です。南方に移動中のガエンの群れと遭遇。距離は約二二〇です。班員は監視態勢で待機中」

「群れの数は？」

「百以上」

「伝令、近隣に居ると思われる三、四、六、七班に援護に向かうように指示を。五班には他と連携しつつ後退せよと命令を」

最初に状況に突発事態《イレギュラー》が有ったのは、一番東側を探索していた班。放射状に広がって探索する以上、ここを放置しては全体の陣形が歪《いびつ》になりかねないと、プローホルは早速指示を飛ばした。的確な指示だ。ここで戦力を小出しにするようならお小言ものだが、出来る限りで最大限の対応をしている。

ペイスも満足げに頷《うなず》く。

「ガエンの群れですか。領内に入られると駆除が面倒ですね。農地や緑地も荒らされる」

ガエンとは、鹿の仲間で南大陸には広く分布する草食獣。山地に多い種ではあるが、森の中にも普通に生息している。

定期的に大量発生するものでもある為、農家からはとにかく嫌われる害獣の一つ。

何より、駆除をするべき猛獣の一種でもある。角が大きく鋭利で、気性の荒いガエンに遭遇して人が刺殺される事例がちょくちょくみられるのだ。国全体で見れば毎年一人や二人はガエンに殺されている。

そんな危ない奴らを見つけたというのなら、見て見ぬふりだけは出来まい。

「討伐はしないので？」

「プローホルの判断は正しいでしょう。今回は偵察が任務。戦闘行為は極力避けるべきで、追い払う程度であしらえればそれがベストです」

今回の演習は斥候による偵察という想定である。正確な情報を、どれだけ素早く上級指揮官に届けられるかが肝《きも》。敵対的な勢力を発見した場合、即座に後退ないしは撤退し、情報を伝えるのが正しい。

ペイスはプローホルの指示を肯定する。そして、パイロンと喋《しゃべ》っている風を装い、あえて周りに聞こえる声で褒めた。露骨であっても、悪い気のするものではないだろう。部隊の士気を上げることに一役買うペイスの行動。これは、兵の将ではなく将の将たる資質を垣間見せるものだ。

パイロンは、感心していた。若いながらもしっかりと一軍を統率するペイス。そして、その手足となってしっかりと考えて動けるプローホルたち若手従士の実力に。そしてなるほどと頷く。これだけ実力がしっかりしているなら、さぞや自分たちの培ってきたものに誇りを持っていることだろう。怠け者ではこうはいかない。だからこそ、同僚となる人間に怠け心を感じれば、憤りもするだろう、と感じた。

「伝令、三班。五班支援に向かう途中、南方に移動中の猿の群れと遭遇。対応の為、救援遅延」

傭兵団長が頻《しき》りに感心する中、イレギュラーは続く。

今度は、後退中の班を支援する為に移動中だった連中が、新たな敵に遭遇したという。

「猿？　数は？」

「最低三十。樹上の為詳細不明」

「……全班に通達。足並みをそろえるために、一旦本陣に戻れ」

ここに来て、プローホルは嫌なものを感じた。このままバラバラと広がるより、態勢を整えるべきだと判断する。任務が偵察である以上、想定以上の数の敵性勢力が確認された時点で、改めて確実性を高めるのは正解だ。

斥候にとって一番まずいのは、情報を持ち帰れないこと。五班が敵と遭遇、後退中に三班が新たな敵と遭遇。二度あることが三度無いと言い切れる人間は居まい。このままあちこちで戦闘になってしまい、怪我人が出てしまうようなことになれば、偵察任務は遅延する。偵察が遅延すれば、全体行動が遅延するのが道理。

戦闘には勝てても戦術としては失敗、戦略としては落第である。撤退の判断は正しいと、ペイスも太鼓判を押す。

プローホルの判断が正しいと確信できたのは、それ以降も野生生物との遭遇の報告が幾つも舞い込んできた時だ。事ここに至って、森で何か異変が起きているとペイスは感じ始めた。

バラバラとそれぞれの班が戻ってきたところで、ペイスは全員を見回す。

「全員、戻りましたね。報告は都度聞きましたが、現状を改めて周知します」

偵察任務中で、他の班の状況を知らずに戻ってきたものも多い。情報共有の為、ペイスが事情を説明する。

「これまで森からの害獣発生の報告は多々ありましたが、どうやら今、森の中が相当騒がしいことになっているようです。気づけたのは偵察の賜物《たまもの》ではありますが、明らかに異常とも思える数の動物が、恐らく森の奥から南方に、つまりはモルテールン領に向けて、じわじわ侵入している様子。情報を精査したところ、このままではひと月もしないうちに森から動物があふれ出し、モルテールン領は巨大な動物園になってしまう」

偵察範囲は最長で二キロほど。その範囲に生息していた害獣の数、そして活動するであろう範囲を計算してみれば、明らかに異常な密度となっている。早晩食糧不足になって森から出てくるであろうことは疑いようもなく、最悪の場合、氾濫と呼べる規模の害獣災害が起きかねないという現状が判明した。

「そこで、偵察から任務を変更し、掃討戦を行います。三班ごとを一小隊とし、固まって動くように。暁の皆さん、ことは戦闘任務に変わりました。獲物を狩ったなら、功として認め所定の褒賞を出しますので、班長の指揮のもと、精いっぱい頑張ってください」

おお、と歓喜の声と共に、改めてモルテールン軍が森に進攻していった。

森林掃討戦

第一回モルテールン家主催合同軍事演習は、急遽森林掃討作戦に移行せり。

各々が職責に奮起し、任務を果たすべし。然れば本作戦終了の折には褒賞が与えられん。と、ペイスの口上も滑らかに、士気を鼓舞した結果、情報を集めて回るだけのはずだった演習が、急遽山狩りのような軍事行動になっていた。

ペイスの周りで彼を支えるべき立場の人間は、皆一様に頭を抱える。これがあるからペイスからは目が離せないのだと。

最初は何でもないことが、気づけば大騒動。或いはこのまま、他所の家に喧嘩を吹っかけかねない恐ろしさがある。

勿論、ペイス自身は自分を平和主義者と宣い、戦いは控えるべきだとは口にしているのだが、これまでの過去の華々しい戦歴が、言葉の無力さを物語っていた。

「十五から二十、下がれ。敵の迂回を阻止しろ。二十一、迂回阻止の援護だ。取りこぼしを逃がすな」

本作戦において、ペイスは後方で全体を広く統括する大将役。実戦における前線指揮官役は、若手従士のプローホルが引き続き行っていた。

彼は、実戦指揮の経験が浅いにもかかわらず、いきなりの大抜擢《ばってき》。ペイスの教え子の中で最も出来が良く、一番弟子とも言われる存在だ。大抜擢に驚くものはあっても、反論するものは居ない。

勿論、同期の面々は羨むものも居る。自分と同じ時期に学校で学んでいた同世代の人間が、誰の目にも明らかな形で出世街道を驀進《ばくしん》しているのだ。上昇志向の強い人間からすれば、悔しささえあるだろう。しかし、それにもまして負けじと発奮するところが精神鍛錬の行き届いた連中なのだろう。あいつに出来て、俺に出来ないわけがない、と皆が皆思っている。

だからこそここで良いところを見せてやると鼻息も荒い。

それが取りも直さず良い結果に結びついているのだから、良いことなのだろう。

プローホルの指揮ぶりは、一言でいえば堅実だ。

不確定要素を出来るだけ少なくしつつ、与える被害の大きさよりも、受ける被害の少なさを徹底的に抑える戦術思考。

勿論、若手たちにとってはプローホルの考えていることなど、分かり切っている。教科書通りの内容なのだから、何も難しいことは無い。

そしてまた一頭、イノシシが猛スピードで兵士の横を駆け抜ける。

イノシシが本気で走れば、時速三十キロや四十キロの速さで走るわけで、人間が咄嗟《とっさ》に走って追いかけるのは難しい。目では追えても、足では無理だ。平地でも無理なことが、森の中で出来るわけもない。

だからこそ、多数による陣形がものをいう。

逃げる先を予知しているかのように、丁度いいタイミングに丁度いい場所で、誰かが待ち受けているという恰好《かっこう》。

「うらあああ」

恐ろしい勢いで走ってきたイノシシの爆走を、暁の人間が槍でもって妨害する。猪突《ちょとつ》の目の前に出るのは危険な為、数人で槍衾《やりぶすま》を作っての誘導である。

刺されることを恐れて急転回するイノシシは、途端に速度を落とした。そして、待ち構えていた他の兵士たちによって血祭りにあげられる。

「八、九、十、上だ。煙をよく見ろ」

「任せろ。ゲホッ」

かと思えば、木の上に大きな影が動く。猿だ。

ナニザルかは分からないにしても、そこそこ大きな猿を相手にしては油断も出来ない。猿は動物にしては賢く、集団行動もとり、そのくせ身体能力も高い。跳躍力は言わずもがな、握力にしても二百キロ近くある種もあるのだ。猿に生皮を剥がれる事件が、かつて起きている。

牙も健在で、まとまった数に襲われれば、ただの人間であれば即座に餌に成り下がるだろう。

樹上に居る猿を相手取る為には、いかにして猿の嫌がることをするかにかかっている。猿が嫌う煙を出す植物を焚いて、ぎゃあぎゃあと騒ぐ猿を追い払っていく。火攻めは戦術の基本中の基本である。

「中々堅実な指揮ですね」

「ああ、そのようだ」

ペイスが満足そうに頷く。手にした地図は随時更新されており、危険な獣の出現位置と合わせて現状が実に明確に見て取れる。

パイロンは【転写】による絵描きの凄さを改めて思い知らされた。魔法というのはどんな魔法であれ非常に便利なものだと聞いていたが、目にしてみるとまさにその通り。いや、想像以上だ。時間単位で更新されていく詳細な地図。これがあれば、どれほど軍事行動で有利になれるか。現に起きている軍事作戦とて、危なげなところが一切感じられない。目の前で自分が見ている時のように、現場の状況が想像できる。

指揮官に求められる能力の一つが、想像力。僅かな情報、限られた状況から、今起きていることを想像し、最善の手を模索する能力。想像力を補うのが経験であり、センスである。

刻々と最新情報が更新されるような状況にあって、指揮が出来ないとなれば指揮官失格だ。ただでさえ優秀な人材が、十分以上の情報を持って指揮する。これは最早、パイロンの知る戦いではない。別の何かだ。

「この分なら、すぐにも片付きそうですが……」

「そうはいかねえのが戦いでしょう」

作戦は、順調すぎるほど順調。既に作戦開始から三日目。所定のエリアを探索しつくし、後は適時追い払っていた獣をどうするかという段階。ここまでくれば、もうゴールは見えている。

しかしパイロンは、そういう時こそ危険だとペイスに忠告する。戦場において、勝った、と確信した瞬間の気の緩みで、逆転されてしまった事例など山ほどあるのだ。

「流石、経験豊富な方の意見ですね」

「誉《ほ》め言葉として受け取っときます」

実に尤《もっと》もな意見だと、ペイスはパイロンを褒めた。

忠言は耳に逆らえども行いに利ありと、改めて皆が気を引き締める。

「十五から二十一、微速前進!!」

作戦は、最終段階に入る。

十分に探索しきった地形情報を基に昨晩立てた包囲作戦。V字の雁行陣《がんこうじん》から、両翼の羽を広げるように鶴翼陣に移行し、そのまま崖と川によって通行困難な場所に害獣を追いやり、包囲殲滅《せんめつ》を図る作戦だ。

地形が知れたことで、包囲の手を厚くすることも出来ている。これこそ万全の一手だと、若手たちは納得して班員の指揮にあたっていた。

「お、いよいよ包囲網を完成させましたか」

「あとは、増援が無ければ包囲して……って、話ですかい」

「その通り。少なくともプローホルの指揮は、今見えているものを全てとするなら、実に合理的な指揮ですからね。何事も無ければ、あとは時間の問題です」

「目に見えているものですか」

ペイスの言葉を聞き、パイロンはニヤリと笑った。

彼の少年が、戦場をよく知っているという含みからだ。

熟練の指揮官と、未熟な指揮官の最も大きな違いは、現場の指揮の上手さではない。現場以外の部分に対する想像力だ。熟練の指揮官は、今起きていないこと、見えていない部分についても、色々と想定して動くことが出来る。対し、未熟な指揮官は目の前のことに多くのリソースを取られる。

例えば買い物に不慣れな人間は、お店に行き、今のお店の中で出来るだけ良いものを安く買おうとする。熟練の人間は、今店に並んでいない商品や、今後の値下げの可能性も考慮して買い物をする。

どちらがよりお得に買えるかは言うまでもない。

お買い得に買い物をしたと満足した十五分後、値引きのシールが貼られて愕然《がくぜん》とする、などというのは不慣れな人間に良くあること。

熟練の指揮官とは、今は見えていない部分も想像できてこそなのだ。

「今、少なくとも偵察した範囲の害獣を駆除できれば、最低でも三か月ぐらいは動物が森から溢れることは無い。どんぶり勘定ですが。ここで頑張って害獣を駆除しきってしまうことが、モルテールン領にとってプラスになるのは事実です。殲滅を目指すのは正しいと思いますよ」

二キロ圏内の詳細な調査と、ついでにペイスが魔法でこっそり行った空からの探査によって、およその害獣被害の状況が明らかになった。これだけでも軍事演習は大成功と言える成果だ。

それによれば、大体の計算でみて、二キロ圏内の害獣を駆除できればその空白地が改めて害獣に侵されきるまで、最低でも数か月の時間がかかる。

つまり、数か月はモルテールン領の農地や植林地は安全になるということ。

また、次回以降改めて害獣駆除を行うのにも、地形情報が手元にあるのは実に心強い。

モルテールン家の農業安全保障の為、害獣を駆除する方針をペイスは決断していた。

「もう少しだ!!　頑張れ!!　報酬は目の前だぞ!!」

「おうおう、傭兵を煽るタイミングも上手えじゃないですかい」

プローホルが、大きな声で報酬について叫んだ。

今回は演習から軍事作戦に変更になったわけであり、傭兵にとっては稼ぎ時。それを改めて思い出させるのは、兵士の士気を鼓舞する目的だろう。

「あれは、センスでしょうね。自分が使われる側で長らく育ってきたために、使われる側の気持ちが良く分かっている。ここで報酬を思い出させるのは、デメリットもあれ、効果的なのは事実です」

人の気持ちを推し量るというのは、簡単ではない。

特に、自分と縁遠い連中ともなれば、そもそもの考え方の基礎が違う為、気持ちの推量も難しいのだ。

その点、元々従士家出身で、人に使われる側だったプローホルは、指示を受けて使われる傭兵の気持ちもある程度忖度《そんたく》できる。

これは、彼の持つ得難い資質であるとともに、他の若手には無い長所であろう。

「あと一息だ!!」

「やったか!?」

包囲網もかなり狭まり、森の中が相当に血なまぐさくなってきた。

もう少しというところで、プローホルがお決まりのセリフを吐いた。こういうあと一歩の時のセリフこそ気を付けるべきという、妙なジンクスがあるのが戦場の不思議である。

「新手だ!!」

案の定、離れたところから声がする。

「ああ、変なフラグを立てるもんだから、新手ですよ」

「さて、何が来たのやら」

プローホルの立てたフラグのせいなのか。包囲網の外側から、想定していない集団が現れる。明らかに人間よりも上の俊敏性を持って、包囲網を形成していた兵士たちを襲い始めた。

ここにきて、怪我人が出始める。

「ぎゃああ!!」

「くっ、三班、怪我人を本陣に。二、四、五班、三班の穴を埋めて新手に備える。包囲網の邪魔をさせるなよ!!」

「しゃらあ!!」

「ふむ、熊と……あれは狼の群れですかね？　セットでやって来るとはどういう状況なのか」

やはり、というべきなのだろうか。

ペイスを含む熟練の何人かは、周辺が血なまぐさくなってきた辺りで嫌な予感を感じていたのだが、案の定余計な連中を呼び寄せてしまったらしい。

狼は、森のハンター。十や二十ではきかない数で兵士たちを襲い始め、にわかに陣形が崩れ始める。ふくらはぎのあたりを食いちぎられている重傷者も発生。軽傷者も数を増し始める。

更に拙《まず》いのは、熊も襲い掛かってきていることだ。狼と熊のバリューセットなど、想定外を倍にしても御釣りがくる。

最悪として想定していた以上に悪くなってきた現状、プローホルなどは混乱しつつあった。

「……若大将」

「ん？」

「俺が出る。許可をくれ」

パイロンが、剣を抜いた。

今まで団長として、ペイスの補佐役として、後ろで見ていたわけだが、もう限界だ。今戦い、傷ついている兵士とは、暁の始まりの面々を指す。パイロンにとっては大事な仲間だ。

ここは自分が立て直しに行くと、ペイスに直談判した。

だが、ペイスは首を横に振る。

「……不許可です。ここは本陣。みだりに単独行動は許可できない」

軍事作戦である以上、後方基地は必須。何かあった時の最後の砦《とりで》。怪我人を収容しているのも本陣であり、これを動かすのは負けて逃げる時だけだ。

普通は、だが。

「しかし、このままじゃ部下があぶねえ」

「分かっています。なので……一班、全員突撃です!! 無粋な乱入者を、徹底的にやっつけます!! 我に続け!!」

「ああ!! なんてこった」

悲痛な叫びをあげたのは、本陣の誰だったのか。

率先垂範《すいはん》はモルテールン家のお家芸であると知らない連中が、ペイスを先頭にして乱戦に突っ込んでいく様子を、目を点にして見ている。驚くなという方が無茶だろう。年端もいかない、お飾りと思っていたお貴族様が、一番前で剣を振るうのだから。他所ではありえない光景だ。

「熊公、俺が相手になってやらあ!!」

ペイスの吶喊《とっかん》に気を良くし、流石は首狩りの息子、こうでなくっちゃなとご機嫌なのがパイロンだ。彼は、ひと際陣形の乱れる現場に突っ込んでいき、そのまま大型害獣にタックルを食らわせる。パイロンの雄姿を見たのは、同じ一班の人間。そして、全体指揮を執っていたプローホルぐらいだった。

しかし、その戦いぶりは圧巻である。

人の身長を超える巨大な生き物、腕力だけでも何百キロあるかという大型の熊を、あろうことか素手で抱きかかえてぶん投げた。

そしてそのまま腰の短剣を、抜くが早いか熊の脳天に突き刺し、肩を噛《か》みつかれながらも仕留めることに成功する。突撃してから僅かな時間での早業。

粗野にして暴。しかし、それはある種の憧れさえ感じるような戦いぶりだった。

「戦果報告!!」

いつの間にかきっちり狼を倒しきっていたペイスが、汗もかかずに指示を下す。これには暁の面々も脱帽であった。虎の子は虎であると、認識を深めるに至る。

「ペイストリー様。戦闘は終わりました。以後、残敵掃討となりますが……」

各班の状況を取りまとめていたプローホルが、代表してペイスに報告する。

包囲網から若干逃げおおせた害獣が居るという点で、逃げた害獣を改めて掃討する必要があるかもしれない。

「不要でしょう。逃げたとしても数頭程度。大きな脅威にはならない。それよりも、怪我人の治療と、戦利品の回収を急いでください。狼が出てきた森の中で、血の匂いを巻き散らしたまま夜になるなど、恐ろしい話ですから」

「分かりました」

戦利品とは、あちらこちらに散らばった害獣の死体である。鹿《ガエン》やイノシシといった、普通に食用とされる獣も多く倒しているため、これを放置することは命に対する冒とくである。

狐のような小型の肉食獣も居たわけで、これらは毛皮が金になるのだ。

傭兵としても略奪は戦場の習いであり、そうでないにしても臨時収入がそこら中に転がっている状況を見過ごすのは馬鹿であろう。

「今日は、焼肉パーティーです。好きなだけ飲み食いしてもらって構いませんからね。良く働いてくれましたから、酒も許可します」

「やふぅう!!」

「若大将、愛してる!!」

略奪の許可、もとい散らばった害獣という戦利品の自由采配を認めたペイスが、今日の食事に酒をふるまうと宣言する。

これは傭兵たちにとっては大きな喜びだ。嬉々《きき》として森のあちこちに散っていく。

そして、班員を指揮していた若手たちも、釣られるようにしてウキウキと散っていった。

「これじゃあ、俺らまでガラの悪い傭兵と思われる……」

プローホルは、疲れのあまりどっと腰を下ろした。同僚のように、傭兵に交じって戦利品稼ぎとはいけそうにない。ずっと指揮を執り続けていたことで、恐ろしく疲労していた。

「おうおう、お上品な貴族様には、戦場の作法ってなあ馴染まねえか？」

腰を下ろしていたプローホルに、パイロンが声を掛ける。

「俺は貴族じゃない。従士の子。平民だよ」

「良いとこの坊ちゃんなのには違いねえだろうが。えっと、名前、なんつったっけ？」

「プローホルだ。あんたはパイロンだったよな」

「おうとも。赤銅のパイロンっていやあ、ちっとは知られたもんよ」

プローホルの横に腰かけるパイロン。

彼なりに、プローホルの指揮っぷりには思うところもあったのだろう。

「ほれ、水も飲んでおけよ。汗が出なくなりゃ、倒れるぞ」

「知ってる」

「兄さんの指揮もまあまあだったな。悪くないもんだった」

「まあまあ？　悪くない？」

戦場を渡り歩いてきた人間からしてみれば、プローホルの指揮っぷりはまずまずなものだった。不合格とまでは言わないが、まだまだ荒も目立つ。

合格点はクリアしているだろう。しかし、高得点とまでは言い難い。だからこそ、良い年のおっさんであるパイロンからしてみれば、プローホルはまだまだ教え導かねばならない若輩者だ。これから頑張ってくれよ、という気持ちも込めて、素直な意見を吐露する。

しかし、プローホルからしてみれば、言葉の端々に感じられる〝上から目線〟に対して、少々不愉快な感覚を覚えるのも当然のこと。それ故に、軽く意趣返しの意味も込めて言い返した。

「あんたも、中々腕が立つみたいだったね」

「中々？」

「熊を倒したのは称賛に値する。しかし、あれでは命がいくらあっても足りないだろう。もう少し腕を磨くべきかな」

「んだと？」

プローホルは、カセロールを始めとする一流の武芸者の戦いっぷりを知っている。ペイスの様に、合理的で洗練された戦い方をする人間も知っているのだ。それと比べるならば、パイロンの戦い方は乱暴だ。悪いわけでは無いが、あくまで我流の域を出ない。熊の様に知恵のない獣ならともかく、真に一流と呼ばれる人間に相対した時、どこまで通用するかは未知数だ。

そんな気持ちからの評価だったが、パイロンにしてみれば若造に腕っぷしを軽んじられたように思えてしまう。

そんな二人の様子。離れたところから見ていたペイスは、溜息を隠せない。

多少、お互いを認める部分も出来たのは良かった。何もしないより、歩み寄りの切っ掛けぐらいにはなっただろう。しかし、まだまだ溝は深い。

これは、更なるひと手間が必要。或いは、今回よりももっと大きなショックを与えて荒療治をするか。

どうしたものかと頭を悩ませていたところ、ふとあるものに目がいく。明らかに不自然な挙動をする鳥が、ペイスの方にやってきているのだ。

ペイスの元に鳥が止まる。足には、手紙が結わえられている。

この時点でただ事で無いと予感したペイスが、手紙に目を通す。

そして顔色を変えた。

「総員!!　緊急事態です」

ボンビーノ家の現状

港町の朝は早い。

日も昇らぬ時間から船を出し、日の出を見ながら水揚げを競い合うのが漁師の日常。

明るくなると同時に生まれる街の喧騒は、領主の住まう城にも届き、住人の目を覚まさせる。

「ジョゼ、お早う」

「ウランタ、もう起きてたの？　早いわね」

十代の若夫婦が、お互いに声を掛ける。

「偶々《たまたま》目が覚めたんだ。君の素敵な顔を少しでも早く見たかったからかもしれない」

「ありがとう」

妻に声を掛けたのは、ウランタ＝ミル＝ボンビーノ子爵。

爵位を持った、歴《れっき》とした貴族家当主である。それも、長い歴史を持つ伝統貴族であり、他の伝統貴族が新興貴族に押される中でも興隆を保つ、伝統派の中核を為す重要人物でもある。

幼い時から聡明で知られていたが、まだ年端もいかぬ年頃にも拘らず、家の事情で爵位を継いだ。今でも十二歳と年若く、決して威厳があるわけでは無い。

しかし、立場が人を作るとの言葉の通り、遊びたい盛りにも拘らず勉学に励み、貴族家当主としての経験を実地で積んだウランタ。彼は今や若手貴族の実力派ホープとして社交界でも話題の人物である。

優し気な顔立ちで、柔和な雰囲気。家は交易や漁業を生業《なりわい》とするお金持ちであり、また近年豊かな土地を併合したこともあって将来性は指折り。おまけに鬱陶しい舅《しゅうと》姑《しゅうとめ》も居ないとなれば、婚活市場では大人気株だ。ベストセラーランキングがあるなら間違いなくトップページに載っている。

当然、引く手数多《あまた》。高位貴族も入り乱れてウランタの心を射止めようと色々な女性がアプローチを掛けていたのだが、彼の心を射止めた女性は男爵令嬢だった。

ジョゼフィーネ＝ミル＝ボンビーノ。旧姓はモルテールン。誰あろうペイスにとって、一番下の姉である。

ウランタ自身は早くに母を亡くしていた。それ故、活発で聡明な、早い話頼りがいがあるジョゼに、甘えたかったのではないか、という下世話な噂話が有ったりする。それは一面では真実であるが、勿論それだけでもない。

感情面でウランタがジョゼにベタベタに惚れたというのもあるが、優秀なジョゼがウランタの良き助言役となれるという実利もあるし、何より実家がモルテールン家だ。

ボンビーノ子爵は、かつてペイスと共に海賊と戦った経験がある。実際は海賊を装った他家の陰謀であったのだが、モルテールン家と連合してこれを撃破。一躍、ボンビーノ子爵ウランタの名が国中に轟いた。前線に立って戦い、そして勝てる貴族というのはそれだけで大いに求心力を高めるのだ。ボンビーノ家は、そしてウランタは、飛躍の道を歩み始める。

勿論、成功の裏には同い年とは思えない英才の尽力があった。そのことは、誰よりもウランタ自身が分かっている。モルテールン家の存在感は、ボンビーノ家にとって極めて高まったわけだ。

そして、海賊討伐をきっかけに、ボンビーノ家はかなり注力してモルテールン家を調べた。お手本とするべき、良い教材になるという判断があったからだが、調べてみれば出るわ出るわ。驚くことが次から次に出てきて、そのどれもが信じがたいものでもあった。

結果、当時はまだ貧乏所帯であったモルテールン家が必ず伸びると確信し、最優先で手を組むことを決断したのだ。守旧派の多い家中には、新興貴族でかつ下級貴族のモルテールン家と組むことに反対の意見も多かったが、ウランタは海賊討伐で高まった求心力を背景に押し切る。

若すぎるが故、大胆な決断が出来たといえばそれまでであるが、今からすれば大英断であったと家中の評判は高い。

しかし、優秀すぎるほどに優秀なウランタであるが、欠点というものもある。

それは、やはり惚れた弱みだろう。

ジョゼに対しては初恋であったウランタは、ジョゼ以外の女性には目もくれない。しかも、結婚してからはさらに悪化の一途をたどっている。

家臣たちが揃って糖尿病になりそうなほど、ダダ甘な雰囲気を毎日まき散らすのだ。

勘弁してほしいというのが、部下たちの正直なところである。

ジョゼも、ジョゼだ。弟を可愛がっていた経験からか、ペイスと同い年のウランタに対して、とにかく可愛がる。頑張って仕事をしていたと言われればよしよしと頭を撫《な》でてやるし、疲れたと弱音を言えば抱擁して癒してやる。モルテールン家で生まれ育ったジョゼにしてみれば、身内とスキンシップを取るのは当たり前なのだが、ウランタにしてみれば物心ついて初めて与えられた温かさだ。

ウランタは、精神的にジョゼに溺れきっていた。病名を付けるならジョゼフィーネ依存症である。

「今日もこれから会議があるんだ」

ウランタは、ジョゼの腕の中でその日の予定を言うことにしていた。

そうすることで頭が冴え、明確に予定が整理できるからだと当人は主張するが、傍に居る従士長などは既に明後日の方向を向いて諦めの境地である。

「いつも頑張ってるのは偉いわね」

「ジョゼの為にも頑張るんだ。僕は君をもっと幸せにしたいから」

「今でも十分幸せよ。美味しいものを食べられるし、暖かいベッドで安心して寝られるし、綺麗な服は着られるし」

実際、モルテールン家の貧しい時代に生まれ育ったジョゼは、今与えられている境遇に何の不満も無い。食事は美味しいものが好きなだけ食べられるし、時にはモルテールン産のお菓子が届けられることもある。寝る時は暖かなベッドに抱き枕、もといウランタが居るし、服などは既に何十着と贈られている。

正直、これ以上は持て余すほどであり、今の自分を幸せだと断言できる程度には、ジョゼも境遇に満足していた。

「……それでも、君の弟ほどじゃない」

「ペイスはペイスよ。ウランタはウランタ。私の旦那様は貴方よ。それでいいの」

時折、ウランタが見せる弱気。

これは、原因を言い出すならペイスが悪い。同い年にも拘らず、全ての面で自分以上に素晴らしい功績を挙げている人間を見ると、どうしたって劣等感が生まれてしまうからだ。

ジョゼは、何度もアレは別格だと言い含めているのだが、なまじ同年代では遥かに優秀なだけに、ウランタはペイスに追いつこうとしてしまう。

それがボンビーノ家の発展を生んでいると思えば良いことなのだろうが、ジョゼがフォローしていなければ、ウランタの性格はもっと卑屈になっていたはずである。その点、ジョゼの聡明さにボンビーノ家が救われていることになるのだろうか。

デメリットも極めて大きいが、メリットはもっと大きいという、モルテールン家そのもののような話である。

波乱万丈の乱高下は、モルテールンの血脈には付き物なのだろうか。

「今日の仕事は何なの?」

「貿易交渉の枠組み作りと、来年度の漁獲枠についての取り決めだったはず」

相も変わらずジョゼの腕の中で、ウランタは今日の予定を整理する。

ボンビーノ家は海沿いの土地が本領であり、貿易と漁業は初代からの家業。蔑《ないがし》ろにすることなど出来ようはずもない。

「貿易交渉か。じゃあ、うちの実家も関係するかな」

モルテールン家は、紆余曲折の末にボンビーノ家の持つ港での一定の交易権を有している。

そもそも、港と言ってもどんな船でも入出港出来るわけでは無い。例えばある日突然に船がやってきて、物資を補給したいから水と食料を三十人の五十日分、延べ千五百人分を用意しろと言われて、今日明日ですぐに用意できるかという話だ。水だけでも大きなワイン樽《だる》で二十は揃えねばなるまい。

そんなのがしょっちゅう現れれば、幾らナイリエが大きな港町とはいえ、物資が不足することは目に見えている。

水、食料、資材、燃料、人材、全ては有限だ。

だからこそ、嵐などでの緊急事態を除いて、事前に許可を受けた船しか港には接岸できない。

この限られた入出港の権利は、ボンビーノ家が管理する利権でもある。モルテールン家は一枠を確保し、船を持つ貴族に枠を貸しているのだ。

いずれはモルテールン家で船を手に入れ、独自に交易を行いたいという野望はあるらしいのだが、如何せん船の方にまで手が回らないお家の事情から、交易権の確保のみを押さえている。

ジョゼは、そのことを知っているからこそ、自分たちにも影響があるかを気にした。

「ジョゼが望むなら、精いっぱいの優遇措置をするよ？」

「駄目。貴方はボンビーノ家の利益を最大限に考えないと。実家への配慮は最低限でいいわ。妻が蔑ろにされている、と思われない程度なら十分よ」

ジョゼへの配慮からか、もっとモルテールン家に優遇してもいいというウランタだが、ジョゼは嫁としてぴしゃりと窘める。ここら辺の厳しさも持ち合わせている賢さが、モルテールン姉妹は才色兼備と言われる所以でもあった。

実家の援助を受けられなかった母アニエスを見て育ったことで、知らずと培った、実家を当てにしない嫁の立ち居振る舞いというものだ。

「それでいいの?」

「いいのよ。ペイスなら、それでも十分やっていけるでしょう。優遇してもらわないと利益を出せませんっていうのは、普通にしてるとできないって言ってるようなものでしょう? そんな軟派《ヤワ》な弟じゃやないわ」

ジョゼは、ペイスのことを良く知っている。

あの異端児の弟であれば、極普通に平等な条件さえ整えてやれば、後は自力で勝手に利益を生み出してみせるだろうという、強い信頼があった。

むしろ、不利すぎるほどに不利な、ババ札を掴《つか》んでも何とかしてしまっているのがペイスなのだ。普通にすることとすら、むしろ与えすぎかもしれないと危惧する程度にはとびぬけている。足を引っ張る連中がダース単位でいてようやく普通になりそうな、ある種の怖さがある。

「分かった。それでも最低限の配慮はするよ。僕が妻を蔑ろにしているって思われるのは嫌だから」

「ありがと。やっぱりウランタは頼りになるわね」

ジョゼに褒められたことで、でへへへ、とだらしない顔を見せるウランタ。最早処置無しである。仕事の出来る男が、家庭内でも頼りがいのあるナイスガイとは限らないのは、いつの時代も変わらないのだ。

「ウランタ様、お時間です」

「え？　もう？」

「はい」

見かねて、なのだろうか。傍に居た従士長が、ウランタを仕事に引っ張る。

楽しい時間程すぐに過ぎるわけで、ウランタにとっては毎日の朝のスキンシップが、とても短く感じられるのだが、それは勿論言うまでもなく主観であり、実際には相当な時間が経過していた。

「……仕方ない。行ってくるよジョゼ」

「行ってらっしゃい」

ジョゼの元から執務に向かったウランタ。

その顔つきは引き締まり、キリっとしている。いかにも賢い男という雰囲気が漂う、ボンビーノ家当主らしい顔つきだ。

この顔をジョゼの前でも見せられるなら惚れ直してもらえるのだろうが、それが出来れば部下たちも胸やけはしないという話だ。

「それで、貿易交渉から片付けるんだったよね」

「はい。ルンスバッジ男爵の使者が先ほどから」

「呼んでくれる」

今日のメインの仕事は貿易交渉。

ボンビーノ家としては最も重要な分野でもある。

執務室の横に繋がっている応接室の中、ウランタの元を訪れたのは中年の男性だった。

髪は油できっちりとオールバックにされていて、目つきは狐目で細い。それでいて口元には張り付けたような笑みが浮かぶ、如何にも外交官といった雰囲気のある人物。

「ご無沙汰をいたしております。ルンスバッジ男爵家従士カーバンク＝エースドット、ボンビーノ子爵ウランタ様の御前《おんまえ》にまかり越しました。子爵閣下のご尊顔を拝する機会を得、我が身の幸運に感謝する所存です。我が主より、御家と友誼《ゆうぎ》の契りを交わした往年の約を確かめてまいれとの命を受け、はせ参じた次第でございますれば、旧年来のご厚情に篤《あつ》く感謝いたしますとともに、格別のご配慮をもって迎え入れていただけましたこと、肌寒い中にあって心温まる想いでございます。主に成り代わり、重ねて御礼申し上げます」

長々とした口上を一切閊《つか》えさせることなく、淀《よど》みなく言い切ったカーバンクと名乗る男。

立ち居振る舞いは洗練されていて、礼を尽くして挨拶する姿勢にも慣れを感じさせる。付け焼刃ではなく、何十何百と繰り返した動きなのだろう。隙というものが一切見当たらない。礼儀作法が体に染みついている動きだ。

「御大層な挨拶痛み入ります。どうぞ、肩の力を抜いていただきますよう願います。何分多忙な身故、この度は率直に意見を交換できればと思っておりますので、ご配慮いただければ嬉しく存じます」

そんな熟達を感じさせる外交官に対し、ウランタは答礼を返す。

貿易交渉などは所詮エゴとエゴのぶつかり合い。これから厳しい交渉が予想されるわけで、率直な意見交換という言葉には、自分も言いたいことを言うぞという脅しが含まれていた。

勿論ウランタの思惑などは、この手の会話に慣れっこのカーバンクも承知しており、外交官として笑顔を崩すことは無い。

「そうですか。それではお気遣い有難く頂戴いたします。早速ですが、先般より申し伝えておりました通り、来年度以降の農業産品について、関税の大幅引き下げを要請いたします」

開口一番、初手から一番重要な内容をぶっこんできた。

これには少々意表を突かれたウランタ。若干の間があってのち、考えながら返答を返す。

「……実に率直なご意見ですが、理由をうかがってもよろしいでしょうか」

「勿論でございます。遡れば五年以上。ウランタ様が爵位を御継ぎになられましてより、当家は積極的に関わってまいりました。しかし昨年来、両家との間に不穏な動きが有るのではないかと懸念する声が上がってまいりました」

ルンスバッジ男爵家は南部でも北寄りに領地を持つ領地貴族。中央とも距離的に近く、比較的お金持ちの家だった。

伝統貴族の一員に数えられることもあり、政治的にはボンビーノ家と同じ立場に立つことも多く、どちらかといえば友好寄りの中立といった立ち位置。

不穏と言われても、ウランタには思い当たることが無い。

「心当たりがございませんが」

「当家の杞憂《きゆう》であればそれはそれで良いのですが、代々の長きにわたり友誼を結んでまいりました我々は、今後とも代えがたい友として手を携えていきたいと考えております」

「それは当家としても同じことです」

「さすれば、昨年、当家からの農作物に対し、関税が据え置かれました」

「それが何か？」

元々、ルンスバッジ男爵領からの農産物は、王都に向けて輸出される量の方が多い。ボンビーノ領を経由する農産物が無いとは言わないが、その量はさほど特筆するようなものでも無い。少なくともボンビーノ領内での麦の流通を見れば、近年増えた旧リハジック領からの収穫の方が圧倒的に多い。元々神王国南部は穀倉地帯なので、農作物というなら大抵どこの領地でも作っているのだ。

自分の土地の産業を守る為、また他家がボンビーノ家に対して課す関税と相殺するため、一定の関税を課すのはむしろ当たり前。別に税率を引き上げたわけでもない関税に、何が問題あるのかとウランタは首をひねる。

「さすれば近年、麦を始めとして農作物の単価が下落傾向にありまする。昨年は一時的なものかと思っておりましたところ、今年は更に傾向が強まった実態がございます」

「存じております」

神王国では、ここ数年ずっと農作物の、特に麦の価格が下落傾向にある。

ウランタは知っている。その原因が、数年間ずっと倍々ゲームで収穫量を逓増《ていぞう》させているとある領地にあることを。

更に言えば、その領地ではここ最近環境が激変しているとの報告があり、収穫量を更に倍増させる見込みであり、市場に対する相場の下落圧力は強まる可能性が極めて高いことを。

言わぬが花というべきか。秘するが吉とウランタは軽く相手に対して頷くにとどめる。

「然らば、当家としては輸出額に対しての関税比率が、看過できない水準まで高騰してきたのです。当家の農産品はナイリエを通し諸領に輸出されているのが実情。閣下には是非とも実情をご理解いただき、賢明なる判断の元、友誼の約を違《たが》えることなく果たしていただきたいと、願っておる次第です」

何のことは無い。要は関税を下げろとの要請だった。

自分たちの主力産品が値下がりしている。全国的に豊作で値段が下がっているのなら、単価は下がっても収穫量は増えているからやりようもあるのだが、収穫量は豊作というわけでもないのに、何故か市場価格だけがずるずると下がっているという。ウランタは、そうだろうなと内心で頷く。

収穫量が変わらない、或いは減っている状態で、単価がどんどん下がる。収益が下がるのは当然といえば当然。収益が減るのだから、固定費である関税の負担もどんどん重く感じるようになるのもまた当然だ。

関税の負担がきつくなってきたから関税を下げろという要求。男爵側としてみれば切実な問題なのかもしれないが、ボンビーノ家からしてみれば、知ったことではない。むしろ、都合の良さに嫌悪すら抱く。

かつて、全国的な冷害が起きて麦の値段が爆上がりしたことがあった。その時は、ルンスバッジ男爵は麦の輸出で儲けている。ボンビーノ家を始め、ルンスバッジ領周辺で関税を上げたという話も聞かない。むしろどの領地も、関税を引き下げてでも麦を欲しいという状況になり、売り手有利の交渉でルンスバッジ男爵はかなり強気に交渉していたはずだ。

これまでの経緯を考えるに、今までに麦の値段が上がったことを理由に関税を上げていないのだから、麦の値段が下がったからと言って関税を下げる理由にはならない。

ボンビーノ家当主として、ルンスバッジ家側の要求は論外のことである。

「御家のご事情は理解いたしますが、麦の値が下がったから、関税をそれに合わせろというのは無理筋ではありませんか？」

「勿論、関税と麦の価格には何の関連も無いのは事実。しかし、どうも来年も同じ傾向が続きそうなのです。このままであれば、麦の輸出が出来なくなる事態も考えられます。そうなれば、御家としても不利益となりましょう」

「ははあ、なるほど」

どうやらルンスバッジ家は、食糧の安定供給をカードにして、貿易交渉を有利にしたいという思惑がある様子だった。

ボンビーノ家は海寄りの領地。麦を始めとする基礎食糧は、諸領からの輸入の比重が他領に比べて高い。という前提の元、交渉しに来たのだろう。

この前提、三年前ならば成り立っていた。どうやらルンスバッジ家の情報収集能力は、ボンビーノ家に対してはさほど振り向けていないらしいとウランタは喜ぶ。

「当家としましても、両家の友誼の原則に立ち返り、今後も長らく手を携えんがため、のどに刺さった小骨を抜こうではないか、というのが提案であります」

「その小骨が関税である、とおっしゃるのですね」

「然り」

お互い、今後とも〝仲良く〟していくために、ボンビーノ家側で譲歩してくれないかという話。これは実に分かりやすい話であり、ウランタとしても遠慮なく蹴っ飛ばすことが出来る。

「ならば、当家から輸出される漁業産品や交易品についてはどうお考えか？」

「と、おっしゃいますと」

「私が爵位を継いで後、御家は当家から輸出される漁業産品や交易品に対し、関税を引き上げましたね。その関税は、今もって引き下げられておりません」

「……承知しております」

ルンスバッジ男爵は、ウランタが爵位を継いだ当初、幼い子供が当主になったということで完全に舐《な》めてかかった。関税に関しても然り。当主就任のゴタゴタの際、先代と口約束があったと適当なことを言って関税を引き上げ、ボンビーノ家にそれなりに被害を与えている。

ボンビーノ家と敵対していたリハジック家と裏で繋がっていたのではないかという推察がされているが、証拠が無いことでボンビーノ家としては抗議も出来ずに放置されてきた。

今までは、そうだった。

「友誼をもって関税を引き下げよと仰《おっしゃ》るのであれば、当家もまた同じく要請いたします。友誼の原則をもって、漁業産品と交易品について、関税を撤廃せよ、と」

「撤廃でございますか⁉」

「そうです。取引量から考えるならば、御家の麦輸出量を十とした場合、当家産品の輸出量は二から三。更に、友誼の原則に立ち返るならば、交渉の原点は関税引き上げ前の水準を基本とし、そこから引き下げを話し合うべきでしょう。そちらが言うように、麦の価格の下落幅に合わせると要求されるのであれば、当家としては当然の権利として、関税撤廃を求めます」

お互いが〝仲良く〟しようというのであれば、ボンビーノ家に対して不義理を働いたことをまず正常に戻すのが先。それが交渉のスタートラインに立つ条件である。

更にその上で、ボンビーノ家側が課す関税を下げろというのであれば、下げて減収になるのと同程度の増収を、ルンスバッジ家側の関税引き下げによって生み出すのが道理、とウランタは主張する。

こちらの関税を下げろというのであれば、そちらの関税は撤廃せよ。

友好を建前にした相互主義というのであれば、至極真っ当な意見だ。

「……一度、持ち帰って検討してもよろしいでしょうか」

「構いません。よい返事があることを期待いたします」

思わぬ反撃を食らったカーバンク外交官は、自分の権限ではこれ以上の交渉は不可能と判断する。

一度持ち帰り、男爵に相談してから改めて交渉に来ると、引き下がっていった。

肩を落として部屋を出る中年男を見送り、ウランタはふうと一息をつく。

「中々、良い交渉でしたな」

一連の交渉の経緯を見守っていた従士長は、若き主君の仕事ぶりを評価する。

「向こうが関税を下げろというなら、少なくとも勝手に上げていた関税を元の水準まで下げるのは当たり前でしょう。今までうちが、舐められてたってことでもあるけど」

「最近は、舐められることも減りましたな」

「ジョゼのおかげだね」

若いというよりは幼いと呼ぶような少年が領主に就任。実戦経験は皆無で、政務経験も無い。有力な後ろ盾は無く、両親を亡くした為に親族とも縁が浅い。お隣とは小競り合いと政争を続けていて劣勢で、日に日に凋落《ちょうらく》していく様が誰の目にも明らかだったボンビーノ家。

軽んじられるのは当たり前といえば当たり前。

それが好転したのは、モルテールン家と縁を持つようになってからだ。今の活況とて、モルテールン家と縁故を持ったからだと言えなくもない。

つまり、ジョゼのおかげと言えなくもないのだが、それを全面的にアピールする色惚《いろぼ》けも、そろそろ落ち着いてほしいと願うのもまた家中の総意である。

「奥様の影響があることは否定いたしませんが、そこはウランタ様ご自身の威光の賜物と思っていただきたいものです」

「自分の実力ぐらい分かっているからね。まだまだ力不足。頼れるなら、何でも頼るよ」

「……ご成長為されましたことは喜ばしいですな」

使えるものは何でも利用して目的を達成するのが政治家というものだ。何処《どこ》まで行っても領地の為、お家の為に尽力し、使える手段をえり好みするのは間抜けと言える。嫁の実家の威光であろうと、使えるのなら使ってなんぼ。

理想論を振りかざして夢見がちになる人間が多い年ごろで、既に現実的な思考が出来ているのは優秀な証拠だろう。

少なくとも、惚れた腫れたで恋愛を語るより、貴族同士での結婚の効用を理解しているだけ大したものだ。

そんな若き領主が、さて次の仕事をと執務室に戻ろうとした時。

急に部下が駆け込んできて、先ほどの外交官がもう一度緊急に話がしたいと言い出していると報告してきた。

幾ら何でも、先ほどの件にしては対応が早すぎる。緊急というのであれば、ただ事ではない。

そう判断したウランタは即座に元居た場所に戻る。

ややあって、さっき別れたばかりの顔が改めてウランタの前に座った。

「カーバンク殿、どうされました？」

さっきまで色々と言い合っていた間柄だ。余計な社交辞令は省き、用件をずばり聞く。

「……先ほど、当家より連絡がありまして」

「ほう、素早い対応ですね。問い合わせたのは先ほどでしょう」

「いえ、その件とは別件でございまして」

「別件？」

やはり、交易交渉の続きでは無かった。

これでさっきの続きをと言われていたら、男爵家には迅速に情報をやり取りできる手段があるということになる。恐らくは魔法使いだろうが、そんな奥の手を、こんな貿易交渉如きで晒《さら》してしまうはずもないのだ。

別件と言われても、ウランタに驚きはなかった。

だがしかし、続く外交官の言葉には、流石のウランタも驚くことになる。

「はい。当家存亡の危機故、是非とも援軍を願いたいとのことでございます」

「援軍？」

「ええ。ことは緊急を要します。我が領が蹂躙《じゅうりん》されております」

完全に不意を突かれた形の会話。

貿易交渉から、一気にきな臭くなってくるのだった。

ジョゼフィーネの現状

ボンビーノ子爵ウランタは、男爵家の外交官から衝撃の内容を告げられる。

曰く、現状魔の森から魔獣や野獣があふれ出し、近隣も含めて非常に大きな被害が出ているらしい。

特にルンスバッジ男爵領は酷いという。

男爵領と魔の森の間には、小さな騎士爵領が点在していた。それぞれの家が、魔の森を警戒し、偶にはみ出る獣に対処することで、主要な街道や穀倉地帯を始めとする神王国にとって重要な場所を守っている。これらの小規模な領地が、軒並み獣の大軍によって壊滅した。人的被害という面では死者も出てているが、絶望するほどの大きな被害は出ていないという。しかし、農地や家畜に対する被害は目を覆うほどであり、はっきり壊滅と言い切ってよいほどらしい。

元々ルンスバッジ家はそれら弱小貴族の取りまとめを任されている、いわば中間管理職のような存在。普段であれば早急な援軍も仕事の内だったのだが、如何せんここ最近は緊縮財政を余儀なくされており、備蓄も大きく減らしていた最中だったという。

それ故対応が遅れ、結果としてルンスバッジ領にまで害獣被害が及んでいるらしい。

更に拙いのは、害獣の規模が想像以上に大きいものであり、このままでは被害が更に拡大しかねないこと。

「それほどまでに」

ウランタは、話を聞いて驚いた。

ボンビーノ家にとって害獣とは、鮫《サメ》や海洋哺乳類。漁業被害という面で、カモメなどの鳥類も害獣に含まれる。

しかし、陸には陸の害獣が居る。中には人を襲い、最悪死に至らしめるほどの凶悪な害獣が居るという。

詳細を聞けば聞くほど、被害の深刻さがうかがえる。

「ええ。酷いものです」

「分かりました、すぐにでも出立の準備を整えます」

元々貿易交渉をしていた相手。ことによれば経済的・政治的に敵と呼べる関係なのかもしれない。

しかし、一面で敵であった者も、別の一面では味方となり得るのが貴族社会の不可思議なところ。

まして今回は被害が一般大衆に及んでいるという。若さゆえの強い正義感を持つウランタとしては、自分たちが率先して助けることも当然と考える。貴族として弱いものを守るのは義務であると信じる、気高くも未熟な一面があった。

それを見越してボンビーノ家に援軍を要請したルンスバッジ家は、流石の古狸《ふるだぬき》というべきなのだろう。

ボンビーノ家の陸軍は、さほど数は居ない。子爵家としてはずいぶんと小ぶりなものだ。基本的にウランタの家は海軍で成り立つ家なのだから。最近は海軍の増強に励んでいたこともあり、海の上なら誰が相手でも戦えると豪語するほどの実力を持つ。対し、陸に居る兵士は基本的に自警の域を出ない。ウランタの領地改革もまだ始まって数年であり、優先度の低い陸軍は、必要最低限の数と質でしかないのだ。

しかし、逆に言えば陸《おか》に上がった兵士が居ないわけでもないということ。数にして百程はすぐに動かせる。最低限度の数として置いてあるものだ。

勿論数でいうならば、本気で徴兵すれば十倍程度は集められる。子爵家の本気はそれなりに凄味があるもの。だが、他家の為に領民に対して命を懸けろとは言えない。しかも、目的が人道的な救援なのだ。略奪など御法度の状況で、傭兵を雇うのは割増しの金が掛かる。

今回、特別に兵を水増しすることはできない。従って、従士を中心とする常備兵力で対応するしかないわけだ。

普段船乗りが専門の部隊などは置いていく為、子爵家が行うものとしては実にささやかな援軍である。

しかし、今現在猫の手も借りたいほどの男爵家であれば、訓練を積んだ正規軍の援軍は実に心強い。

外交官は、頻りに礼を口にする。

早速、出立の準備を始めるウランタたち。残る者には最低限の指示がいるし、連絡体制も整えて行かねばならない。

ああだこうだと騒ぎながら、慌ただしく準備をしていた。

こうなってくると、城じゅうが騒がしくなるとともに、耳聡《みみざと》い人間にも状況が伝わってしまう。

そう、耳聡い人間。つまりは、この手の話を聞くべきではない立場の人間にも。

「話は聞いたわ!!」

「ジョゼ!!」

バン、とウランタの前に仁王立ちになるのはジョゼフィーネ。

しかも、格好が凄い。ドレスではなく、今すぐにでも馬で駆けますと言わんばかりの格好。厚手で丈夫な乗馬服の上に、狩りなどで使われる胸覆いを付け、革の手袋を嵌《は》め、膝下まで覆われた革の乗馬靴を履く。

これで兜《かぶと》でも付ければ、立派な軽騎兵になれる。

「私も行くからね」

そして自分も援軍に出ると宣う。

これには流石にウランタも驚く。

「え⁉」

「私も戦場に出るわ」

「いけません。危険です。絶対反対です‼」

ウランタは、ジョゼの意見に猛反対だ。

当たり前だろう。どこの世界に、危険と分かっている場所に愛する妻を放り込む男が居るのか。好き好んで戦場に嫁を送り込みたがる貴族が居るとしたら、騎士失格だろう。愛するものを守るのが騎士の本分であり、貴族の矜持《きょうじ》である。

少なくとも、男としてのプライドを持っているウランタにしてみれば、こういう危険な時こそ自分の出番であろうと考える。女性であるジョゼには、是非とも安全な所で大人しくしていてほしい。

「……私は、行かなくてはいけないのよ」

しかし、ジョゼとしても譲らない。

彼女は彼女なりに今の状況を推察し、また観察し、自分の状況と立場を冷静に考えた結果、是が非でも自分が出るべきだとの結論に達したのだ。

一度決めたら即行動は、モルテールン家のお家芸。決断から行動までが早いのは、親の代からの伝統である。

「どういう意味です？」

「私は、ボンビーノ家の人間として、お家第一に考えなければならない。違う？」

「……それはその通りです。それが何か？」

神王国において、嫁いできた人間は嫁ぎ先の家の庇護《ひご》下に置かれる。ジョゼであればボンビーノ家の人間として扱われるようになり、最悪の事態ともなればボンビーノ家を継ぐことだってあり得るのだ。

その代わりに、実家を継ぐ権利はなくなるし、実家の庇護が受けられなくなったとしても文句は言えない。

血の繋がりから要請を伝えることはあっても、権利として認められているわけでは無いため、必ずしも実家が要望を聞いてくれるとは限らないということ。

つまり、ジョゼが第一に優先すべきは婚家であるボンビーノ家のことであり、他の家は二の次三の次。

それが常識であることは、ウランタも認める事実である。

「私は、嫁いで日が浅い。だからこそ、この家の人たちに対して明確なメリットを提示することが必要だし、デメリットを隠してはいけない。私は、戦力を提供できる。それを知っていて黙っていることは、家にとってマイナスじゃない」

事実だからこそ、ボンビーノ家のことを考えるなら、自分は第一線に立つべきだと主張するジョゼ。なまじ知恵と口が回る女性である分、ウランタとしても頭ごなしに否定できない。いや、してはならない。

ウランタの立場としては、仮に使えるものであるのならば嫁でも使い倒すべきなのだから。

貴族家当主として、利用できる手札を、個人的な感情によって捨ててしまうのは拙い。

幾らジョゼが大事で、大人しく家に居てほしいと思ったところで、ジョゼが外に出る方が明らかに有効であるのなら認めるべきだ。

年若き領主は、愛情と責任の狭間で葛藤する。

「戦力とは？」

「一つは護衛戦力。ウランタの傍に私が居れば、守るべき人間が一か所に居ることになる。護衛戦力を集中して運用できるし、領地に残す戦力も最小限で済む」

「む……」

仮にジョゼをナイリエの城に残していった場合はどうなるか。まさか城を空っぽにしていくわけにもいくまい。どうしたって、警備や護衛の為に幾ばくかの人手を割く必要がある。

むしろウランタの溺愛ともいえる傾倒っぷりを鑑みれば、城の護衛戦力は不必要なほどに手厚くなる可能性も十分あるだろう。

これは、ジョゼにしてみればはっきり言って無駄だ。

仮に自分がウランタの傍に付いて戦場に行くのなら、ボンビーノ家にとって守らねばならない当主一家が全て一か所に居ることになる。護衛もまとめて出来るし、ウランタにとっても目の届くところにジョゼが居れば安心しておけるというものだろう。

ウランタは、元々年相応の武腕しかなく、早い話が弱い。だから護衛が必須。そして、自分以上にジョゼを大切にしたがる為に、これも護衛が必須。

ならば、一つにしてしまった方が合理的というジョゼの意見。これは中々に否定しづらい意見である。感情から反論の言葉を何とか探そうとするウランタであるが、次の言葉が出てこない。

黙りこくる夫を見つつ、ジョゼはそのまま言葉をつなぐ。

「もう一つはハースキヴィ家の戦力。私が呼べる相手として、ハースキヴィ家のビビ姉様には話が出来る」

「ハースキヴィ家ですか」

「ウランタは繋がりが浅いかもしれないけど、私ならハースキヴィ家が助ける名分になるじゃない」

「それはそうですが……」

ハースキヴィ家といえば、元々は魔の森に近接する領地を持っていた家である。

今でこそ爵位も上がって東部に領地替えがあったが、森についてはとても詳しいし、森歩きや害獣駆除に関しては専門家と言える。つまり、魔の森からの害獣パニックについてはこの上なく頼もしい戦力となり得るのだ。

「それに、くーちゃんも居るし」

「くーちゃん？　前に言っていた熊のことですか？」

「そうよ。猛獣を相手にするなら、こちらにも猛獣がいると見せつけるのは士気の面からも大きいじゃない」

ボンビーノ家からジョゼを通して正式に要請するのなら、ビビが旦那を説得して援軍を送ってくれる可能性はある。

また兵を出すのは難しくとも、ジョゼがハースキヴィ家に預けている熊を引き取ることぐらいは可能だ。

これから向かう敵地。大量の猛獣が闊歩《かっぽ》しているという土地。恐ろしいと思うのは普通のことだろう。ライオンの居るサファリパークの中を徒歩で歩くようなものだ。怖いと感じるのが普通の感覚。

しかし、こちらにも敵方と同じ戦力が有ればどうだろう。最低限、戦えるんじゃないかと誰もが感じる。

例えば、法律的な論戦を強いられたとする。敵対者に弁護士が付いている時、仲間だけで相対する時と、自分も弁護士を連れて相対するのと、どちらが心強いかという話だ。

たとえ数の上では劣勢となろうとも、確実に同等程度対抗しうると確信できる戦力が有ることは、士気の上でかなり大きい。猛獣が居ると分かっているなら、猛獣が味方であることの心強さは言うまでもない。

モルテールン家ではカセロールやペイスが担ってきた役割だ。アレがいるから大丈夫だという、最後の切り札として信頼できる何か。それをジョゼは提供できるという。これはウランタには無理なことだ。

距離的、時間的な問題が有るにせよ、可能かどうかでいうなら十分可能である。

「それにもう一つ、私も戦えるって見せておけば、モルテールンの名前が使えるようになるわよ」

「モルテールンの名前？」

「父様やペイスが散々にやらかしてきたから、モルテールンの名前はそれなりにハッタリが効くじゃない。ここで戦えるんだって見せておけば、何かあった時に〝モルテールンの人間〟って看板が使えるようになると思わない？」

「むむ」

正確な報道機関やＳＮＳがあるわけで無し、人伝《ひとづて》の情報しか存在しない社会では、噂や風聞というものの力を馬鹿にすることは出来ない。ましてや、既に他国にまで広がる首狩りの〝悪名〟であったり、ペイスのやらかした〝悪行〟の数々は、相当な大物相手でも効果的な印籠《いんろう》になる。突き付けるだけで、勝手に相手方がビビってくれる、ありがたい護符だ。

既に確立している〝モルテールン家の武名〟をボンビーノ家が利用しようとするなら、やはりジョゼを〝使う〟のが最善となる。

何かあった時「モルテールン家の人間が居る」という宣伝効果の大きさ。これはボンビーノ家からしても価値があるだろう。

この宣伝効果については、最初が肝心だ。

新婚早々で、早速とばかりに出てくるモルテールン家の血縁者。他所から見た時、これがどう見えるか。やはりモルテールンの人間だけあって、腕っぷしに自信があるのだろう、と見える。

逆に、今出し渋ってしまい、今後必要となってから使おうとすればどう見えるか。当然ながら〝何故前の時は出なかったのか〟という疑問を持たれる。ハッタリと見抜かれる可能性が、明らかに高まるのだ。

ボンビーノ家の嫁として、自分は戦場に出るべき。

そう訴えるジョゼの言葉には、一理も二理もある。

「……分かりました」

やむなく、ウランタはジョゼの言葉に許可を与える。与えてしまう。

心情的には、とにかく嫌々であることは明らか。しかし、理屈でジョゼに言い負かされてしまっては仕方ない。

満足げに頷くジョゼに対し、ウランタは決心する。

奥の手を出すしかない、と。

◇◇◇◇◇

明けて次の日、ボンビーノ子爵がいよいよもって妻と共に戦場へ出向こうかとしていた時。

一人の貴族が、ウランタの元にやってきた。より正確には、彼の妻の元にやってきた。

「うちの姉が大変ご迷惑をおかけしております」

「何でペイスが居るのよ!!」

「無論、ウランタ殿に連絡を受けたからですよ」

ジョゼが一生懸命説得したウランタであったが、やはり彼も成長していた。自分ではどうあってもジョゼを説得しきれないと察した段階で、〝最強の援軍〟を呼ぶことに決めたのだ。使えるものは全て使い倒すのは、貴族としては正しい姿である。たとえ、その為に支払うものが過大なものになろうとも。愛するものを守るためには、必要な出費と決断したウランタの心情は察して余りある。

「ジョゼ、やはり貴女《あなた》を危険な場所には連れていけないのです。どんな手を使っても。許してくださいね」

ジョゼは甘く見ていた。ウランタの愛情の深さと、行動力を。

そして、忘れていた。モルテールンの家族愛の強さと、過保護っぷりを。

ジョゼの前には、最も手ごわい相手が立ちはだかったのだった。

ルンスバッジ家の現状

ジョゼが危険な場所に出向くと言い張るのを何とか押しとどめたペイスとウランタ。幾ら何でも、戦う心得の一切ない素人が前線に出ることを、良しと出来る二人では無かったのだ。ウランタは情愛から、ペイスは専門的見地からの反対だった。

素人で体力の低い、鍛えていない普通の女性が、過酷な戦場に出るなど、戦を舐めていると叱ったのがペイス。

妻を守るのが夫の役割であり、幾ら利が有ろうとも心情的に過酷な場所へ連れ回すことが心苦しいと説得したのがウランタ。

この両者に懇々と諭されれば、幾らお転婆といえども無理押しは出来なかった。

ジョゼは諦めた。だが、代わりにペイスがウランタに付いていくことも押し通した。こればかりは、モルテールン家がボンビーノ家にとって役に立つと見せておくことで、ジョゼの言い分が単なる我がままではないのだと証明しておかねばならなかったからだ。押しの強さは流石というべきだろうか。

ウランタとペイス。結局彼らはそれぞれに百程の軍を率い、ルンスバッジ男爵領に足を踏み入れたのだった。

「酷い……」

男爵領に行軍したボンビーノ・モルテールン連合軍は、想定以上の惨劇の跡に絶句することになる。

最初、害獣の群れが領地を荒らしたと聞いていただけだったので、そうは言っても甘く見ていたきらいがあった。

しかし、いざ実際に現場を目にすると、これが酷いの一言。

まず、死人が多数出ている。

害獣の中に大型の獣や肉食の獣が多数含まれていた為、獣如き追い払ってやると蛮勇を振るった領民に、相当数の死者が出ていたのだ。また、獣相手ということで対応を軽んじた領軍が、対応を間違えた為に被害を出している。

害獣が多数発生と聞いた時、所詮は畜生だと数人規模で対処に向かったらしいのだ。ところが、これが間違いだった。

まず、魔の森の獣は、大きさがデカい。どれもこれも普通の獣の三倍から四倍以上の体躯《たいく》を持つ。大きいものに至っては十倍ほどもある。最早別の生き物だ。しかも、人に対して恐れを持っていない。一般的な獣であれば人を怖がって近づかないし、逃げる。だが魔の森からの侵略者たちは、人を見ても怖がらず、むしろ積極的に襲う。人という生き物に接してこなかった、真に野生の生き物なのだ。常識外にデカい、思っていた以上に獰猛な獣が、想定以上の数で襲ってきたことで、死者を出すような被害を受ける。これに対して小領主たちは追加で人員を送る。そして被害を受けて増員し、を繰り返した。

典型的な、人員の小出し。戦力逐次投入の愚を犯してしまったことになる。

戦力逐次投入の、何が悪いか。

例えばスポーツの世界、サッカーの試合があるとする。十一人同士のチームで一回戦って勝てる確率と、四人で十一人を相手にして三回の勝負に全て勝つ確率と。どちらが高いだろうか。考えるまでもなく、大劣勢を数回繰り返す方が、互角で一発勝負をやる方より勝率が下がる。それも極端に下がる。

戦力を小出しにしてしまう愚とは、自分から劣勢を作り、しかもそれを繰り返してしまうという意味で愚かなのだ。

理想論を言うならば、持てる最大戦力を、短期間に、全力でぶつける方が、結局のところ損害も少なくなるもの。

小出しの戦力で、だらだらと、敵を舐め切って戦った。

結果生まれたのは、害獣に蹂躙され、対処不能になった小領地の数々。

これに対処しようとルンスバッジ男爵が動いた時には、全てが手遅れになっていた。

被害を受けた地域は拡散しまくり、広範囲にわたって害獣がうろつくようになってしまったのだ。

ある箇所で害獣が襲ってくる被害があったと連絡があり、それに対処するべく人を遣《や》れば、その間に複数箇所に被害が生まれる。初期の抑え込みに失敗したことで、害獣被害のキリが無くなってしまった。しかも、そうこうして対処している間にも、森から害獣が湧き出してきているという。

はっきり、ルンスバッジ男爵家と小領主の残存戦力だけでは、対処不能と結論付けるほかない。

それ故の援軍要請であったが、要請を受けたのが無駄に正義感の溢れるボンビーノ家だけであったというからルンスバッジ家の人望の無さがうかがえる。

ルンスバッジ領が蹂躙され、男爵家が没落するような状況にでもなれば国軍が動くだろうが、そうなってからではルンスバッジ家は御取り潰し一直線である。

是が非でも、ルンスバッジ男爵主体、他所の人間が〝援軍〟という名目を保てるうちに解決しておきたい。

ボンビーノ・モルテールンの連合軍を歓迎したルンスバッジ男爵には、斯様な意図が透けて見えた。

「おお、ボンビーノ卿、よく来てくれた」

「ルンスバッジ男爵、この度は大変なことになったようですね。危急の報せを聞き、駆け付けてまいりました」

天幕を張ったテントの中で、ウランタを迎え入れるルンスバッジ男爵。

ウランタの横にはペイスが居たりもするのだが、子爵家当主と男爵家嫡子、どちらが連合軍の頭かといえば、普通は子爵家当主の方が立場が上だろうと考える。

実態はともかく、常識的な判断として、連合を率いてきてくれた主体であろうと思われる方に挨拶をするのは間違っていない。むしろ、ウランタを差し置いてペイスに挨拶する方が、貴族的な常識でいえば拙い。

「忝《かたじけな》い。持つべきものは友というが、それを実感する」

「いえ、ルンスバッジ領が蹂躙されれば、当家も他人事ではありませんので」

少し屈《かが》み気味にウランタの手を握った男爵。

友というにはいささか年が離れすぎているようにも思えるが、貴族の当主同士は年が離れていても友となれる。お互いの利害が一致する間は。

「そう言ってもらえるだけでもありがたい。他の周辺諸領の面々にも連絡したのだが、どうやらそちらもうちと同じような状況になっているらしく、芳しい返事を貰えなんだ。卿が来てくれたことは、百万の味方を得たように心強い」

「そうですか」

男爵は、実際のところ他の貴族にも連絡を取っている。中央の貴族辺りにも連絡を取り、ＳＯＳを伝えてはみたのだ。しかし、ことが害獣被害。男爵や小領主がそうだったように、完全に舐め切ってしまっていて、援軍を送ろうともしない。むしろ、獣風情に領地を荒らされた連中を不甲斐ないと蔑み、笑いものにする勢いだ。

それに比べて、実際に苦しめられているであろう領民たちを思い、義憤によって駆け付けたウランタは、どれだけお人よしなのかという話である。

ウランタ自身、没落寸前の時、困っていても助けてもらえない悲しさと寂しさを経験していなければ、今回ももしかすれば要請を黙殺していたかもしれない。

男爵の運が良かったといえばそれまでだが、ウランタ自身は別に男爵に好意的なわけでは無く、むしろ嫌いなタイプの人間である。それを感じさせない程度の白々しい社交辞令の応酬は、腐っても貴族のやり取りだ。

美辞麗句を並べ立て、ウランタを褒め殺しにする勢いの男爵。彼は、ひとしきりウランタを褒めまくったところで、傍に居るもう一人にも声を掛ける。

「それと、そちらの方々は……もしかして、モルテールン家の方々かな？」

「はい。当家の妻がモルテールン家の出ということで、駆け付けてくれました」

ルンスバッジ男爵も、モルテールン家とは多少の付き合いがある。同じ南部貴族としての付き合いがあるし、十年以上前にはなるがモルテールン家に礼金を払って援軍を頼んだこともある。カセロールが傭兵もどきだった頃のお客さんということだ。

社交の場でカセロールと会えば挨拶と軽い雑談を交わす程度には交流を持っていて、当然モルテールン家の麒麟児《きりんじ》についても聞き及んでいる。

今や飛ぶ鳥を落とす勢いのボンビーノ家当主が、自分と同じ立場として接する同世代の貴族子弟となれば、モルテールン家の嫡子ではないかとの推測は容易い。

水を向けられたことで、ペイスは半歩進み出て礼をする。

「ルンスバッジ男爵におかれましては、この度の被災に際し大変なご苦労をされたご様子。神王国貴族の一員として、同じく陛下の臣たる男爵を御救いするのも忠誠であると馳せ参じました」

「心遣いありがたく頂戴する」

今回の援軍、ボンビーノ家の要請でモルテールン家が参戦した形となる。が、戦いの名目は別にボンビーノ家の為ではない。あくまでルンスバッジ家救援の為、ボンビーノ家と足並みを揃えましょうという立場であり、出兵の名目は〝同僚を助ける〟というもの。

建前としては国王に忠誠を尽くす者同士。困っているのを助けるのは、ひいては陛下の部下を助けることに外ならず、国王への忠義から援軍に来た、という形。

ルンスバッジ家だから助けるのではなく、陛下の臣であるから助けるという形式をとっているのだ。余計な政治的介入や、これからの影響を加味した、ペイスの弁舌である。

勿論男爵としても自分の苦境が〝忠誠アピール〟の道具にされていることは理解しつつも、援軍そのものはありがたいわけで、腹の中はともかく表向きは大歓迎という姿勢でモルテールン家にも感謝してみせた。

「して、敵はどういった具合でしょうか」

「うむ。襲ってきたのは、熊、狼、猿、猪、鹿、貂熊《クズリ》、山猫辺りが人を襲う。兎《ウサギ》や鼠《ネズミ》の類は数知れず。農地はほぼ壊滅と言っていい」

対応が後手後手に回ったことで、大量の獣がルンスバッジ領近郊に出現しているという。人が襲われる、死者まで出ている状況は勿論大変なことであるが、長期的影響というのなら農地への被害も無視できるものではない。

家畜は軒並み襲われ、野菜は食われ、畑は荒らされ、そして何より病気を運んできている。

動物の死体が伝染病の温床であることや、野生生物が寄生虫の媒介者となることも厄介なのだが、何よりもあちこちに糞尿《ふんにょう》をバラまく。水を飲むついでに大量の糞尿をまき散らしていくなどの被害が出ているわけで、飲み水と生活用水の汚染は、現代であっても起こり得る食中毒と伝染病の感染経路だ。獣の襲撃を撃退したはずの場所であっても、その後は赤ん坊や子供が病気に罹《かか》ってバタバタと亡くなる事態も起きているという。

「数は？」

「はっきり言って分からん。数えきれない。数える傍から新手が来ていた。全体では万を超えるかもしれん」

「なるほど」

何より、害獣の数が凄い。一時に大量に森から現れたものだから、まるでモグラ叩きのようになる。あちらを叩けばこちら、こちらを叩けばそちらと、キリがない有様。

解決には、絶対的に人手が足りていないのだと、男爵が重ねて謝意を示す。

「どう動きますか？」

大よその状況を聞いたところで、ウランタとペイスは男爵の元を辞した。会話を聞かれない程度に離れたところで、少年同士の悪だくみの時間である。

「我々としては、ボンビーノ領に被害が波及することを防げればいい。対し、ルンスバッジ男爵としては、我々を上手く使って、領地を綺麗にしたい。思惑が違っている以上、分かれて行動するべきです。少なくとも主導権は渡せない。ルンスバッジ男爵に主導権を取られては、我々は消耗だけして、猛獣たちをボンビーノ領に追いやっただけ、となるかもしれません。そうなっては得をするのはルンスバッジ男爵だけです」

今回の猛獣被害、モルテールン家とボンビーノ家の共通の利益とすれば、ボンビーノ領への波及阻止となる。

対し、ルンスバッジ家にとってはルンスバッジ領近郊からの害獣排除となる。

これは、似ているようで違う。

獣を相手にする時、真正面からぶつかるのはリスクがある。例えば猛突進するイノシシの前に生身の人間が立ちはだかって、危険が無いわけがない。通常よりも大きい獣であることも併せて考えれば、自動車がぶつかってくる状況に近しい。

真正面で防ごうとする危険性を考えれば、後ろから追い立てて行き先を誘導する方が遥かに楽だしリスクも少ない。

男爵が楽をしようと思うのなら、新たに流入してくる害獣と正面切ってぶつかる役目を援軍にやらせて、自分たちは既に居る害獣を追い払う役目で済ませたいだろう。危ない役目は他にやらせて、楽な仕事は自分たちがやる。男爵からすればベストだ。

しかしそれを許せば最悪の場合、現状ほぼ留守番しかいないボンビーノ領に、獣の大軍が押し寄せることになりかねない。

ルンスバッジ家の西に小領地や魔の森、東に小領地やボンビーノ領。西から来た獣を追い払うのなら、そのまま東にシッシとやる方が断然に楽だ。

ルンスバッジ家として自分たちの被害が無くなって万々歳だろうが、被害を押し付けられることになるボンビーノ家としてはふざけるなという話だ。援軍で出かけていって、自分たちの危険を増やして帰るなど、あり得ない。

男爵に指揮権を渡すのはリスクがある。連合軍は、独自で動くべきだと結論付けた二人。

「なら、男爵とは別行動ですね」

「ウランタ殿が指揮を執るといえば、爵位から言ってルンスバッジ男爵も否定しづらい。最初にそう言っておいて軍を分けると言い出せば、向こうは乗って来るでしょう」

結論としてルンスバッジ領から獣が居なくなればいいのだ。方法論は色々とあるだろうから、それは調整次第といったところだろうか。

無駄に知恵の回る二人組が、改めて男爵の元を訪ねて説得するのに、さほどの苦労は無かったということは余談である。

「では、男爵は村々を回っての救援と、新手の獣の阻止を。我々は、領内の一斉駆除を受け持ちます」

「頼みますぞ」

男爵と連合軍の話し合いの結果、男爵軍はバラバラに散っている戦力の再編を急ぎつつ、待ち受ける形で居座ることになった。森から出てくるであろう新手に指向性を持たせるのが役目。無秩序に新手が湧き出るとなると終わりが見えないため、せめてそれぐらいはということで男爵家が担当することになった。新手を全て追い返せればベストだが、それまで行かずとも北へ逃がすように仕向けるぐらいは出来るだろうと目されている。

それに合わせ、連合軍は掃討を担当することとなった。

「……ペイストリー殿。少し相談が」

「何でしょう」

晴れて堂々とルンスバッジ領を好き勝手に動きまわれることになった連合軍。

移動中、ウランタがこっそりとペイスに相談を持ち掛ける。

「義弟として……身内として信用して打ち明けますが、当家の魔法使いは鳥を使って空からの偵察が出来ます」

「ほほう、それは便利な」

勿論、ボンビーノ家が鳥使いの魔法使いを雇い入れており、鳥を使った様々なことが出来ることはペイスも承知している。それこそ今更という奴だ。

ウランタとしても、ある程度は鳥使いの能力がモルテールン家にバレていることは承知している。

ここでいうのは、あくまで公式な立場でということ。これ以降は、少なくとも両家の間では〝公然の秘密〟から〝明らかな事実〟となって共有されるということ。

「しばらく前からルンスバッジ領を偵察させていたのですが……情報を共有しませんか？」

「……良いでしょう」

正確な情報を共有することで、作戦の精度は上がる。

鳥使いの航空偵察の結果は、驚くべきものだった。

「ここからここ、かなり濃いです。凶暴なのも多く、村人が襲われています。こことこのあたりにも分布があり、逆にこちらは殆ど居ない」

ウランタがペイスに見せた地図は、いつから準備していたのかと疑問を挟みたくなるほどには手の込んだものだった。何故ボンビーノ子爵家がルンスバッジ男爵領の詳細な地図を準備していたのか、などと野暮なことは聞く必要はない。

モルテールン家とて、主要な領地の地図はこっそり隠し持っている。

問題はボンビーノ家の裏事情ではなく、地図に追加されていく情報の方。思っていた以上に被害が偏っている。酷いところだと、村が全滅しているところもあった。猪の群れに慌てていたところを狼の大軍に襲われて、その後に血の匂いで興奮した熊が襲ってきて、更に野犬や山猫も相当数が血に惹《ひ》かれてやって来たようだ。今は、腐肉を鳥獣が漁《あさ》っている様子で、偵察に出ていた鳥はカラスに追い払われたという。

一度大型の猛獣に襲われたところは、血の匂いや腐肉に惹かれ、更に獣を寄せ付けてしまうという状況が起きているようで、獣の分布は点在しているのだろう。恐ろしいほどの数が集まっている一帯があるかと思えば、影も形も、或いは人さえも逃げ出して見当たらない地域が有ったりと、偏在が凄いのだ。

この情報を知らずにいたとしたら、ローラー作戦などは危険だったに違いない。獣の薄い所はともかく、濃い所では数の暴力に負けかねないのだから。

「驚きました。これほどの精度で分かるとは」

「ペイストリー殿であれば、この情報を基に、どういった作戦をたてますか？」

ウランタは、自分以上の能力をペイスが持っていると確信している。いや、確信を通り越して信奉していると言っていい。

いずれ追いつく目標として、ペイスの意見を聞き、全てを教材として学ぼうという熱意をもっている。

そんなウランタの熱い目線を知ってか知らずか、ペイスは、じっと地図と睨めっこをしながら作戦を考えた。

「やるなら、ここからこうですね。北に追いやってしまえば、我々としては特に問題ない。中央まで行ってくれれば、父様にも事前に連絡してあるので、国軍が大兵力でもって対処してくれます」

「なるほど」

ペイスが考えた作戦はシンプル。

獣を南から追いやり、北へ追い払ってしまおうというものだ。追い払われる先の領地はご愁傷様ではあるが、ルンスバッジ領の北はさほどの距離もなく神王国中央部と呼ばれる場所だ。そこまで被害が及べば、国軍たる中央軍が出張っていく名目としては十分。つまり、カセロールたちが手ぐすね引いて待ち構えているということ。

「我々が、ルンスバッジ男爵の為に血を流すことも無い。精々、勢子《せこ》に徹するとしましょう」

無理に戦闘をすることなく、獣を追い立てることに専念すべきという作戦。

ウランタは、それも良い考えだと賛同した。

「ならば、此方《こちら》からこう、移動して」

街道を避けつつ、出来るだけ効率的に追い立てるならどうするか。

防衛ラインを作り、前線を押し上げつつ進軍するというなら、基礎訓練の範疇《はんちゅう》である。作戦はすぐにもまとまる。

「では行きましょう」

連合軍は、進撃を開始した。

◇◇◇◇◇

ペイスたちは、ルンスバッジ領北部に駐屯していた。

「終わってみれば、案外あっけない感じでしたね」

ウランタが、拍子抜けした風に呟く。

一つならず幾つかの領地が蹂躙されたというから、どれほど手ごわいのかと緊張していたのが、始まってみれば順調すぎるほどに順調で、既に作戦は終わりが近い。

これほど順調だったのは何故かと考えれば、やはり参謀役のペイスの助言が光ったからではないだろうか。

「ええ。獰猛であるとは言っても獣。火と煙に弱いのは変わらないです」

「これで終わりと思うと、肩の荷が下りた感じです」

「そうですね……」

ペイスは、獣を追い立てていくにあたり、兵士の消耗を極力抑える策を練った。

その一つが、火と煙による防衛線の構築である。

〝何故か〟不自然なほどに風を読むペイスが、的確に配置した火と煙によって、獣たちは狙った通りの方向に逃げていく。

猛獣と言えど、火を恐れて逃げる野生の本能は共通しているのだ。

ペイスの、明らかに〝魔法を使ったとしか思えない〟程の正確な風読み。二の矢要らずと謳われた風読みの魔法使いでもなければ、まさに天才的な観察眼と言える。

そんなペイスではあるが、作戦が上手くいったというのに浮かない顔をしている。

「何か？」

「あれほどの動物、どこからやって来たのでしょう」

ペイスは、作戦が終了間近になったところで、不自然な点に気付いた。

そもそも、あれほど大量の猛獣や野獣が、どこから来たのかと。

「それは……魔の森でしょう」

「魔の森のどこから？」

ウランタは即答する。魔の森から獣が出てきたことは確認していたはずではないかと。

しかしペイスとしては、その答えでは不十分だ。

魔の森から来たのは当然として、では魔の森のどこから来たのか、という疑問が出てくるではないか。

魔の森の掃討戦をごく最近行い、魔の森の害獣について分布をある程度理解しているペイスだからこそ、溢れんばかりの獣の数と、その為に必要であろう森の面積の不自然さに気付いた。

今回確認できたほどの数の獣が出てくるとするなら、かなり広範にわたる魔の森から、根こそぎ獣が這い出てきたような状況であろうと。

「当然、それなりの範囲から来たと思いますが……」

「つまり、局所的な災害などではなく、広範囲にわたって獣が逃げ出すような何かがあった?」

ペイスの懸念。それは、獣が出てきたことそのものではない。獣だって生き物だ。住処を移動するなど日常茶飯事だろうし、群れが大移動することだってありふれている。

ただし、それが相当な範囲にわたって、かつ根こそぎ行われているような状況の原因は何なのか。

ペイスに言われてみて、ウランタもようやく害獣大発生の〝元凶〟が何かと考え始めた。

「森林火災か、地震か。或いは類する大災害でも有ったのでしょうか」

大量の獣が広範囲にわたってまとめて移動する。それはすなわち、大災害のようなものが魔の森の奥で起きたからではないかとウランタは考えた。

その意見にはペイスも一応賛同する。そうでもなければ、今回のような害獣大発生が起きるとは考えにくい。

「〝その程度〟なら良いのですが……」

しかしペイスには一抹の不安があった。

自然発生する火災や、森の外縁部に住む人間が一切気づけないほどの地震で、ごっそり逃げ出すような状況になるだろうかと。

もしかしたら、もっと恐ろしい何かが起きているのかもしれない。

このペイスの懸念は、すぐにも当たることになるのだった。

ドラゴン

不穏な影がよぎる。

最初に気が付いたのは、上層部の話し合いに飽いていた傭兵の一人だった。

ボンビーノ・モルテールン連合軍が、任務を果たしたとしてルンスバッジ男爵軍と合流しようと移動していた途上のこと。

遠目に男爵軍がギリギリ見えるかどうかという距離まで、つまりは森の見えるところまで戻ってきていたところで、ことは起きる。

「な、何だあれは⁉」

傭兵は、あくびをかみ殺す為に上に顔を動かしたことで、図らずも空にあるモノに気付いた。

一人が気づけば、他の人間も気づきだす。

空にある何かは、恐ろしい勢いで此方に、より正確にはルンスバッジ男爵軍の方向に近づいているらしく、その大きさを示すシルエットもどんどんどんどん大きくなる。

更に大きくなる。どこまで大きくなるのか。最初は小さな点であったモノが、夏の入道雲の如く空いっぱいに広がり出しているのだ。

普通のことではない。

「鳥か？」

「馬鹿、あんな形の鳥が居てたまるか!!」

空にあって動きのあるものといえば、まず鳥だろう。世の中には、翼を広げれば数メートルにもなる大型の猛禽類《もうきん》が存在する。過去をさかのぼれば、十メートルを超える大型の鳥も居たという記録があるほど。

ならば、空を行く正体不明の飛行物体は、鳥ではないか。

誰も見たことのないような鳥も、魔の森から出てきたとなれば納得も出来る。森の中は前人未到の地、人跡未踏のアルカディアだ。何が居てもおかしくない。

超大型の新種の鳥が、今回の害獣パニックのオオトリとしてお出ましになったとして、何の不思議が有ろうか。

しかし、鳥だとするなら不思議なシルエットが一つ。

明らかに鳥の物とは思えない、尻尾が生えている。

くゆらせる尻尾の生物的な動きは、鳥の物としては明らかに不自然。

「じゃあ何だよ」

「トカゲが空を飛ぶわけないだろうが」

「トカゲじゃないか？」

「でも、あんな鱗《うろこ》が有るのは……って!!」

鳥ではない。ならば蜥蜴《トカゲ》ではないかと誰かが言った。

未確認飛行物体が大きくなるにつれ、その様子も見えてきたからだ。見るからに爬虫《はちゅう》類を思わせる鱗が、見える限りびっしりと生えている。

世の中には、人の背丈ほどもあるオオトカゲが存在するのだ。魔の森の中に、その二百倍ぐらいの大きさの蜥蜴が居ても、まだギリギリ常識の範疇。

酒場で語って、大多数に大法螺《おおぼら》だと笑われながらも、一部の人間は信じてしまいそうなレベルのもの。

しかし、幾ら何でも蜥蜴が空を飛ぶというのは非常識に過ぎる。

鳥でも蜥蜴でもない何かが、ぐんぐんと迫って来る。

「おいおいおいおいおい」

「こっちに来るぞ!!」

自分たちのすぐ傍に来た、と錯覚したのも無理はない。

未確認物体であったものが、遠くに固まっていたルンスバッジ軍の傍に降り立ったらしいのだが、大きさが異常だった。

デカい。

遠目に見ても、遠近感が狂う大きさ。男爵軍の兵士を蟻《アリ》の大きさに例えるなら、ＵＦＯモドキは象ぐらいの大きさだ。

つまり、人の目から見るなら、山である。何キロも離れているはずなのに、すぐ目の前に居るような気がしてくる大きさ。

羽が生え、鱗を持ち、空を飛び回る巨大生物。

伝説で聞く、ドラゴンである。

その龍が、頭を持ち上げたかと思うと息を吸い、大きな叫び声をあげる。

鼓膜が破れそうなほどの大きな音がして、生臭さと共に突風が吹き荒れる。何キロも離れているはずの連合軍の兵士でさえ、思わずよろけるものも居た。

ましてや龍の足元に居るルンスバッジ軍の兵士は、たったひと吠《ぼ》えでバタバタと倒れていく。

「なるほど、これが魔の森パニックの原因でしたか」

遠目に龍を見るペイスが、しみじみとつぶやいた。

目の前の現実に納得もしよう。あんな規格外の生物がいたのなら、森の生き物が逃げ出しても不思議はない。

むしろよく今まであんな化け物の傍に住んでいたものだと不思議なぐらいだ。

何か理由があって、極最近になってあのドラゴンが縄張りを移したのだろうか。魔の森に影響を与えるほどの環境変化があったとしたなら、可能性はある。

ペイスとしては〝元凶〟の心当たりが微《かす》かに感じられるだけに、むむむと考え込んでしまう。

じっと龍を見つめ、沈思黙考するペイス。傍《はた》から見れば、何やら落ち着いているようにも見えるわけで、ウランタなどは動揺も露わにペイスに話しかける。

「よよよよく落ち着いていられますね」

ウランタは、既に慌てっぷりが半端ではない。まだ十代の青年。少年と言っても通りそうな年頃の人間だ。

動物園に行って、いきなりライオンや熊の柵の中に放り込まれれば、焦って逃げようとするのが普通なように、目の前にドラゴンという絶対の捕食者が居るのに落ち着き払っている方が頭がおかしい。狼狽《ろうばい》しているウランタは、むしろごく普通の反応である。

「あれほど大きいと、現実感が無いので」

「現実感って……ドラゴンですよ⁉」

「あれがドラゴンさん。いやあ、本当に大きい」

どこかのほほんとした口調のペイス。

彼にしてみれば、ドラゴンなどというのはファンタジーの世界の話。目の前にデンと現れたとしても、現実感が無いのだ。いや、現実感はあるにしても、むしろ生のドラゴンを見た喜びが生まれる。対し、ウランタにとってみればドラゴンとはおとぎ話の存在ではない。昔話の存在だ。

昔実際に戦った人間が居たという、話に聞いていた歴史上の存在。その恐ろしさもまた、現実感をもって襲い来る。

「仕方ない……ウランタ殿、緊急事態です。義兄の貴方を信頼して、当家の秘密を教えます」

「当家の主、我が父カセロールの【瞬間移動】の魔法は、血縁の魔法使いには〝貸せる〟のです。当家の機密中の機密ですが、ことがアレだけに出し惜しみできる状況ではないと判断しました」

「秘密？」

「それはどういう……はっ‼」

流石に、伝説級の怪物を目の前にし、走って逃げろなどというのは死ねというのと同義である。アレがゆっくりと歩くだけで、人の全力疾走など何ほどのことがあろうか。まして空を飛べるのだ。人が抗《あらが》うことは不可能であり、唯一の切り札は人知を超えた人外の能力、魔法である。

もしもペイスが【瞬間移動】を使えるとするなら、とウランタは考え、すぐにもその利点に気付く。

安全に、龍の前から逃げ出せるということだ。

「とりあえず、ウランタ殿はナイリエにお送りしますね」

「私ですか？」

「そうです。ウランタ殿は、やらねばならないこともあるでしょう」

まず、連合軍で第一に逃がすべきはウランタだ。

彼が全体の頭であり、何より子爵家当主という、最も高貴な立場。

階級社会の常識として、命の重さは平等ではない。まず何よりも守るべきは大将の命だと、その場の誰もが感じていた。

「姉様はじめ、非戦闘員の避難、宜《よろ》しく願います」

ウランタが逃げる、と言ってしまえば語弊がある。

彼は、先んじてボンビーノ領に転進し、率先して行うべきことがあるのだ。数多くの非戦闘員を、あの怪物の手から守れるように避難させねばならない。

少なくとも、いつでも避難できるよう準備させておくべきだろう。危険の正体が明らかになっているのに、放置するのは愚策中の愚策だ。

「任せてください。ペイストリー殿はどうするのですか？」

ウランタは戻る。

しかし、ペイスはそうはいかない。仮に魔法で兵士たちを全て運ぶとするのなら、運べるのがペイスだけという役割上、最後まで残る必要がある。

殿《しんがり》はモルテールン家の得意分野だと、胸を張った。

「あのどでかいのを出来るだけ離れて観察します。あんなのにお目に掛かれる機会などレアですから」

「そうですか」

ペイスが残り、ウランタは戻った。

残されたのは、モルテールン家の兵士のみである。ペイスの傍には、プローホルが補佐として付いた。

龍から離れるため、若干の移動を指示するペイス。何故か都合よく見つかった、〝綺麗に整った窪《くぼ》み〟に兵士たちが身を隠し、ペイスは目視と魔法で龍を観察し始める。

この化け物が、モルテールンに飛来するかもしれないし、ことによれば近場のボンビーノ領にやってくるかもしれない。何にせよ、情報を集めておかねば話にならないのだ。

図らずも、斥候任務の軍事演習をぶっつけ本番で試すことになってしまった。やはり、備えはしておくべきだ。

「うわぁ、ドラゴンって人も食べるんですね」

「そんな悠長な」

ペイスたちがウランタを逃がそうと決断した理由が一つある。

それは、遠目からでも分かる龍の食事風景。

遠くからでは分かりづらいが、〝地面に顔を近づけ〟て、何かをがぶりとやっている。しかも地面ごとだ。飲み込んでいるのは、龍の喉が蠢くところで察する。

ルンスバッジ軍の傍に降り立ち、吠えた叫び声で人をなぎ倒し、その上で地面ごとパクパクやっているとしたら。何を食べているかなど、明らかなことだ。

地面の穴に伏せて隠れている兵士たちも、顔を青くして震えている。熟練の傭兵と言えど、明らかに異常な怪物に、食われることは想像だにしていなかった死にざまなのだろう。

「折角、北に追いやった獣を追っかけていたドラゴンさん。多分逃げる獣を追っかけて飛んでいたのでしょうが、ルンスバッジ男爵の兵を獲物に定めてしまったので、拙いことになってますね」

通常、損耗率が二割もあれば全滅判定される軍隊が、二割どころか半分以上食われている。これはもう軍隊として機能しない。ただの人の群れであり、龍にとってはご馳走《ちそう》が積まれている状況ということなのだろう。

時折嬉しそうに鳴きながら、旺盛な食欲を見せる龍。現状は、どこまで行っても絶望的である。

「我々はどうしますか？」

「心苦しいですが、撤退です。どうやら、大勢で集まると獲物認定されるようなので、班ごとに分かれてください。ボンビーノ領ナイリエまで、僕が送ります。その後、ナイリエでは班ごとにまとまって行動してください」

「了解」

魔法で逃げられるとなれば現金なもので、嬉々として逃げ出すモルテールン軍。このまま龍の見えるところに居れば、いつ食われるかもしれないという恐怖がある。

逃げ出せるというなら我先だ。

次々に魔法で送られていく兵士たち。結局最後に残ったのは、ペイス近習と精鋭部隊一班のみである。

「ペイストリー様、俺らはどうしますかね？」

最後に残ったうちの一人。暁の始まりの頭パイロンだ。

どうするのかと聞く言葉の裏には、自分もさっさと逃げたいという気持ちが見え隠れする。

しかし、ペイスは残った人員に非情にも告げた。

「観察を続けます。情報は多い方が良い」

逃げるというのなら、少人数であれば一回の【瞬間移動】で逃げ出せる。ギリのギリギリまで粘り、出来得る限りの情報収集こそ今為すべきことであると、ペイスが告げたのだ。

理屈は分かるだけに反対も出来ないが、さりとて何も自分たちでなくてもという気持ちになった面々。ぐっと文句を押し殺し、絞り出すように命令承諾を口にした。

「分かりました」

腹を括《くく》ってしまえば、後はなるようにしかならない。

パイロン始め暁の精鋭も、或いはモルテールン家の従士も、肝が据わっているという意味では十分ふてぶてしい。

開き直れば、死の権化であっても観察するぐらいはマシな任務と積極的に動く。

「ふむ、なるほど」

「何か分かったんですか？」

しばらく観察を続けていたモルテールン家の有志一同。

その結果、幾つかのことが判明する。

「ドラゴンの食欲にも限界があるようです。ルンスバッジ軍を九割がた平らげた後は、食欲を無くして座り込んでます。動く気配が無い」

「そりゃ朗報だ」

どれほどの頻度で食事をするのかは不明ながら、満腹中枢の無い動物のように、無尽蔵に食うというわけではなさそうだった。

これは間違いなく朗報だ。最悪の最悪を想定しても、〝生贄《いけにえ》〟さえいれば重要な人材を逃がせるということだからだ。

この情報は、万が一龍が王都辺りに向かった時に役に立つ。

王家を守るという意味であれば、その手段を確実に提供できるからだ。正直気持ちのいい情報ではないが、全く為すがままに蹂躙されるよりはマシといったところか。

しかし、情報とは状況を好転させるものばかりではない。

「……そしてルンスバッジ軍は、反撃してます」

「はあ⁉　馬鹿じゃねえですかい？」

パイロンが思わず声を荒げた。

散々に食われまくっている状況で、ようやく大人しくなってくれた相手に対し、わざわざ怒りを買うような真似をして何になるのか。

「男爵の気持ちも分からなくもないですが、悪手ですよね」

いきなり襲われたところでパニックになった。龍が大人しくなったところでようやく落ち着いた。ならば、やられた分だけやり返せ。

気持ちは分からなくもない。ルンスバッジ軍の面々とて、長く同じ釜の飯を食った戦友や、或いは家族親族だっているかもしれない。今まで共に苦労をし、共に笑いあってきた仲間が、何もできずにただ食われた。殺された。ならば、仇《かたき》をうちたい。せめて一矢報いてやりたいと思う気持ちは当然のものだろう。

だが、よりにもよって相手が悪すぎる。

案の定、剣も槍も矢も、あらゆるものが巨大な鱗に弾《はじ》かれている様が見て取れた。目に矢が当たっても弾かれた上、平然としている時点で察するべきだ。怪物に攻撃が通じないと。

「そりゃあ、あんな怪物に立ち向かうのは無謀ってもんでさあ。逃げるが勝ちってね」

長年戦場を歩いたパイロンからしても、ここは逃げ時だった。

もしも自分がルンスバッジ軍の中に居たら、とっくの昔に尻尾を巻いて逃げ出している。それを恥とも思わないし、おかしいとも思わない。逃げずに食われる方がおかしい。

「そうですね。流石に……げっ」

「何すか若大将、嫌な声出して」

「男爵たちの軍から、離脱者続出」

ずっと観察していたペイスが、奇妙な声を上げつつ腰を浮かした。

これは雰囲気がおかしいと、全員が伏せていた恰好からいつでも起き上がれるように体勢を変える。

ペイスは、観察した結果男爵軍から離脱者が続出しているという。当たり前といえば当たり前の状況。ここに来て逃げないわけがない。

「ま、そりゃそうでしょうぜ」

「大量の離脱者は、てんでんバラバラに逃げてますが……逃げる方向が皆一緒です」

「は？」

「このままなら、大量の逃亡兵がボンビーノ領方面に行くだけでなく、ドラゴンがおまけでくっついてきますね」

「……そりゃ大変だ」

しかし、逃げるにしても逃げ方がある。

実に拙いことに、逃げる連中はボンビーノ領の方向に逃げ始めた。

彼らからすれば、まともな友軍が居るであろう所に逃げたがるのは分からなくもないし、ただ単純に森から少しでも離れたいという思いで逃げているのかもしれない。だが、ボンビーノ家、そしてモルテールン家としてはひたすら迷惑である。

どうせ逃げるなら北へ逃げろと言いたいが、今はそんなことを言っている場合ではない。

〝餌〟が逃げ出したことで、また盛んに攻撃していた阿呆がいたせいで、龍も行動を始めた。

「拙い事態です。我々も後退しましょう」

ペイスたちは、出来るだけ龍の目に触れないよう、時に魔法を使いつつも、つかず離れずで逃げ始める。

逃げる時であっても情報収集を忘れない。生きるか死ぬかのチキンレースをやっている中で情報収集をするのだから、このクソ度胸だけはパイロンも感心するほかない。

「更に拙い事態が起きたようですね」

「何です？」

しばらく遠巻きに龍を観察しつつ、進行方向を見定めていたモルテールン一行。

とある地点に来たところで、状況が悪化した。

「逃げていた村人が、ルンスバッジ軍の逃げ道を遮ったようで」

害獣に村を荒らされ、避難の為に移動していた平民の集団が、逃げ惑うルンスバッジ軍の残党と鉢合わせたのだ。

のっしのっしとマイペースなくせに、異常に大きな歩幅のせいで引き離せない龍も、〝餌〟を追うのを止めていない。

ここで残党と村人が合流すればどうなるか。

「混乱していますか」

「いえ、囮《おとり》にされてます」

「……なんてことを」

兵士としても、生きるか死ぬかの瀬戸際。自分が逃げるためだけに村人を切りつけ、動けなくしたところで自分たちだけ逃げ出す。

何も分からないまま、生餌として龍の目の前に放り出される村人たちは阿鼻叫喚である。

怒号が飛び交い、悲鳴が上がる。

「兵士は死ぬのも仕事の内ですが、非戦闘員を守るのも兵士の仕事。総員、村人を保護しつつ、撤退!!」

これは見過ごせない。

ペイスは思わず村人たちの救助に動く。

「若大将はどうするんで?」

「ドラゴンの気を惹きます。幸い魔法が有るので、何とかなるでしょう」

「気を付けてくだせえ」

「ええ」

村人たちの傍にとび、龍と人々の間に割り込んだ形のモルテールン軍。

遥かに見上げる巨体を前に、ペイスは不遜に笑う。

「さあ、僕と一緒にダンスでもしましょうか」

ペイスの反攻

人が走る。

弱き者も幼き者も老いた者も病んだ者も、死から逃れるためにただただ走る。

足を動かせないものが倒れ、それを助けるのは剣《つるぎ》持つ兵士。

戦う力無き者たちを守る為、戦人が声を荒げる。

「急げ!!」

手荷物さえ捨て去り、精いっぱい逃げ惑うルンスバッジ領の人々を誘導するのはモルテールン家の兵士たちだ。

もしもペイスが居て、魔法を使えるならばこんなに走る必要も無かったかもしれない。

しかし今、ペイスは単身で龍の気を惹き、たった一人で殿を務めている。魔法はその為に使われていて、とても他所に使える余裕などない。

子供や老人も居るため、走ると言っても亀の歩み。成人男性の速足未満の速度しか出ない全力疾走を、焦りを感じながら急《せ》かす兵士たち。

「ったくよう、何で俺らがこんなことを」

兵士の一人がぼやいた。

暁に所属する兵士として、傭兵として、自分が戦って死ぬのならまだ構わない。しかし、今やっていることは何だ。自分たちはモルテールン家の人間として、ルンスバッジ家の尻ぬぐいの為、縁も所縁も無いルンスバッジ領の村人を、これまた何故かボンビーノ領まで誘導している。

なんでこんなことをしなければならないのか。モルテールン家の兵士であるなら、別に見捨てて逃げ出しても良いではないかと感じる。いつ何時龍が追いついてくるのか分からず、追いつかれれば死を覚悟せねばならない状況。

少なくともここで足手まといを置いていけば、自分たちの助かる可能性は高まる。ならば、非情とは言えどそれも止む無しと判断すべきではないか。

そんな思いは、傭兵たちの多くが感じていることだった。

「ぶつくさ言うな」

モルテールン家の従士として避難の指揮を執っていたプローホルが、兵士の言葉を窘める。

「でもよ、あんな足の遅い連中連れてると、碌に進めやしねえ」

「分かってるよ」

何故自分たちが苦労しているかといえば、間違いなく避難民を連れているからだ。

イラつく気持ちは、分からなくもない。

「やっぱ、置いていかねえか？」

ついに口に出した兵士の一人を、プローホルは胸倉掴んでにらみつける。

「その言葉、二度というな」

プローホルの剣幕には、怒気がはっきりと表れていた。

自分は合理的な判断をしていると信じる傭兵は、戸惑いながらもにらみ返す。

「な、なんだよ」

「我々は何のためにあるのか。人を殺す為か？　宝を奪う為か？　人を虐げるためか？」

「あぁ？」

訳の分からないことを言い出したプローホルに、胸倉を掴まれたまま言い返す男。

こんなところで問答をする気は無いと、ガンを付ける。

しかし、プローホルとて引けない。引いてはいけない。

彼らは、絶対に忘れてはならない大事な心構えがあるのだ。

「我々は、弱きものを守るためにある。それは、モルテールン家に忠誠を誓う全員の想いだ」

モルテールン家に従士として採用された若手は、全員士官学校の卒業生。

彼らが最初に教え込まれ、またペイスを始めとするモルテールン家上層部から叩き込まれたのは、力が何のためにあるかということだった。

ともすれば好き勝手に出来る暴力というものを、使っていいのはどういう時なのか。力無きものを守る時だ。

今がその時である。

金の為に戦う傭兵ではなく、兵士としての心構え。それを、プローホルに諭された男は自分の過ちを悟る。

「……ああ」

「傭兵がどれほど実戦経験があるのかは知らない。しかし、我々は既に傭兵ではない。兵士だ。誇りを捨てるのであれば、自分だけさっさと逃げたらどうだ」

「舐めんじゃねえ!!」

胸倉の手を放されたことで、男は軽くよろめくが、すぐに自分を取り戻す。

むしろ今まで、弱いものから奪うだけだった勝手な連中を罵ってきたのは、他ならぬ自分たちだと。

ここで女子供を置いて逃げる。そんなクソみたいな真似が出来るかと、奮起したのだ。

「口だけでなく、態度で示せ。いざとなれば、自分の体を張ってでも、皆を守るぞ」

「やってやらあ」

図らずも士気高揚となったプローホルの言葉。聞こえていたものは皆、奮い立って人々を誘導しだす。

息が上がって足のもつれる老婆を背負い、泣きじゃくる幼児を抱え、大声を上げながら走る様などは頼もしささえ覚える。

急げ急げと発破をかける兵士たち。それを見ていた団長が、片頬を上げながらプローホルに近づく。

「素晴らしい心構えだな」

多分に揶揄《やゆ》が含まれる言葉だった。海千山千の貴族と相対してきた傭兵団長として、パイロンはプローホルの言葉を面白がったのだ。

綺麗事を口にする人間は腐るほど居る。それこそ、言うだけは立派な指揮官や貴族など、そこら中にごろごろしている。

だが、こと危急の事態に直面している時、綺麗事を額面通りに実行できる人間は数少ない。

そんな気持ちを込めた揶揄いだった。

「……モルテールン教官から教わった」

頭に血が上って思わず口にした自分の言葉に、今更ながら恥ずかしさを覚えたプローホル。

心構えはペイスから教わっただけだと言う。

「教わった？」

「元々、自分は士官学校で士官教育を受けていた。ペイストリー様はその時の教官だ」

パイロンは、目の前の若者の来歴に驚く。

名前から分かる通り、プローホルは別に貴族でもない。貴族家出身でもない。にも拘わらず、貴族の為の学校で高等教育を受けていたという。

これだけでも驚くには十分だが、おまけに教官がペイスだというのだ。どう考えても普通のことではない。

「どえらい相手に教わってたんだな」

パイロンは、心の底から驚いた。

凄い相手に教わっていたのだなと感心してみせるが、凄いの意味が二つある。

一つは、明らかに教える側より教わる側が相応しいような年頃の人間に、教わっていたという事実。

一つは、明らかに傑出した能力の人間に教わっていたという幸運。

どちらの意味にしても、スゴい相手であることは間違いない。

「あの方から教わったことは数多いが、一番の基本は心構えだと叩き込まれた」

「心構えねえ」

ペイスの教え方はバランス重視。元よりモルテールン家が必要とする人材を確保したいという裏の目的があったため、何でも出来るオールマイティーな人材育成が主眼だった。

そのため、足りない部分を埋めることに重点が置かれている。

知識の足りないものには知識を与え、体力が無いものには体力を鍛えさせ、頭の固い人間は柔軟な思考を身に着けさせる。

そして、全てを持ち得る能力がありながらも卑屈になっていた人間には、精神的な強さを叩き込んだ。

プローホルがペイスに徹底的に叩き込まれたのは、現実から逃げない心の強さである。

「少なくとも私は、自分の最善を尽くす。そのうえで、全員を守ってみせる」

急ぎながらも周りに気を配り、絶対に全員を避難させてみせると豪語するプローホルの態度に、パイロンは感じ入るものがあった。

「いいね、その心構え。気に入った。正直、いきなりの仕事がこんなクソッタレな仕事で文句もあったが、弱いものを何が何でも守ろうってのは男じゃねえか」

「……当たり前のことだ」

「当たり前を当たり前に出来る奴は、信頼出来るってもんよ。傭兵は何より信義あってのもんだ。野郎共!!　一人も逃がすな!!」

「「おお!!」」

従士が準騎士としての誇りをかけ、通すべき筋を体を張って通すというのであれば、傭兵には傭兵なりの応え方というものがある。

目には目を、歯には歯を、信頼出来る漢《おとこ》に応えるなら、信頼に応える働きで返す。

パイロンは吠えた。部下たちに対し、一人として置いていくなと命じる。一人残らず連れていく。逃がすんじゃねえと叫びながら。

プローホルは、その言葉を心から頼もしく感じつつも、どうしても言いたかった。

「逃がすなってのは違うんじゃ……」

傭兵のガラの悪さは、如何ともしがたいと思いつつ駆け続けるプローホルだった。

◇◇◇◇◇

皆の頑張りの甲斐あってか、ルンスバッジ領民を引き連れたモルテールン軍は、ボンビーノ領の領都までたどり着いていた。

いつ追いつかれるかとの恐怖と闘いつつ、もしかしたら自分たちの頭を超えて先回りされているかもと心配しながらの逃避行。

簡単なことでは無かったが、やり遂げたのは褒められるべき偉業であろう。

「よし、ナイリエは無事か」

「皆さん、よくご無事で」

今にも倒れそうな面々を、やきもきしながら待ち構えていたウランタが迎える。

流石に優秀で、食料や飲み水、衣料品や医薬品、毛布の手配まで完了しており、受け入れ態勢は万全の状態にしてあった。

ルンスバッジ領民と合流など想定外のはずなのに、こんなこともあろうかと準備してあるのだから、ボンビーノ家の手回しの良さと偵察能力の高さは称賛に値する。

「おや？　ペイストリー殿はどうしました？」

そんなウランタが、きょろきょろと見回しながら、探し人について尋ねる。

居れば絶対に目立つはずの人間を探しているのだ。居ないと結論付けるのは簡単なこと。どこに行ったのかを尋ねたところで、傭兵の一人が水をがぶ飲みしながら答える。

「ドラゴン相手に時間稼ぎでさあ」

あれ、頭のネジが何本か外れてるよな、という傭兵の意見に、周りの賛同は多かった。

何をトチ狂ったのか、自分ところの領民でもない平民の為に、一人残って命がけで殿の囮をやると言ったのだ。

おおよそまともな神経であるとは思えない。

「え⁉」

「相変わらず、やらかしやがるんでさあ」

「だだだだ大丈夫なのでしょうか」

まさかペイスが残って足止めしているとは思いもよらなかったウランタ。自分が真っ先に領地に戻っただけに、すぐにもペイスは戻ってくるとさえ思っていたのだから。

予想外のことに、ウランタは心配でならない。

「さあ？」

「さあって‼」

「若大将には魔法もありますんで……大丈夫だと思いやす。逃げるぐらいなら容易くやってのけるでしょう」

「そうですね、魔法、魔法がありました」

傭兵の意見に、ウランタはそうだったと少し安堵《あんど》した。自分ひとり逃げるだけであれば、ペイスは難なくやってのける。魔法もあれば実力もあるし、知恵も回るのだ。

大丈夫なはずだと、言い聞かせるしかない。

勿論、心配は無用だった。

ウランタの心配など毛ほども気にすることのない、心臓に毛の生えた少年が姿を現す。領民が着くのを見計らっていたようなタイミングに【瞬間移動】で飛んできたのだ。

実際、何がしかの手段で見計らっていたのだろうと、モルテールン家の人間はいつものことだと驚きもしない。

驚き、安堵するのはウランタだけである。

「全員、無事ですか？」

分かっていることではあっても、ペイスは確認を行う。

一見無事なように見えても、無事でない可能性だってあるのだ。いつだって、世の中は予想外の事態に満ち満ちている。特に、ペイスの周りには多い為、確認を怠るわけにはいかない。

「お、若大将。大丈夫ですぜ。全員引きずってきましたんで」

走れなくなった人間も、兵士たちが担ぎ上げて運んだ。

誰一人として脱落者を出さないという決意のもとの逃避行であったわけで、結果として全員連れてこられたことは兵士の働きによるもの。功績大なりとペイスは兵士たちを褒める。

「結構。しかし……ルンスバッジ軍のせいで、ドラゴンをすぐ近くまで引っ張ってきてしまいました」

逃がすには逃がせた。

しかし、領民たちを囮にしようとしていた連中が途中で倒れていたことや、ペイスの魔法に龍が慣れてしまったことなどから、遅滞させつつも完全に足止めが出来たわけでは無かったとペイスは言う。

「そりゃあ大変で。俺らはこの辺で逃げますか？」

もう流石に用は無いだろう。

モルテールン家としては、ここで引き上げても十分なはずだ。当初の目的は果たして害獣も居なくなったし、非戦闘員も匿《かくま》った。

アリクイが蟻を食うかのように人を食う龍がうろつくところなど、一刻も早く逃げ出したいというのが兵士たちの偽らざる本音である。

「いえ、そうもいきません」

しかし、ペイスはまだ仕事があると、傭兵たちの意見に反対した。

「はい？」

「あのトカゲ野郎は、僕の大切なものを台無しにしました」

「大切なもの？」

まさか、ボンビーノ子爵夫人か、或いは他に誰か大事な人が食われたのか。そんな緊張が兵士たちに走る。

「ボンビーノ領にあった、僕の果樹園を食い荒らしたのです!!」

「何だ、そんなことで」

しかし、ペイスの言葉で一気に脱力した。

ボンビーノ領にはモルテールン家の租借している広大な農地があり、そこでは貿易で手に入れた海外の果物であったり、神王国国内で手に入る果樹の類が育てられていたのだ。

ペイスが壊血病の治療を名目に手に入れた、重要な在外地権益の一つ。

それが、遅滞しながらも歩みを進めた龍に、ペロンチョと食われてしまったのだ。果肉のみならず果樹までもが食欲の対象。

これを放置しておいては、他の果樹園まで危なくなり、ペイス自身がフルーツを手に入れられなくなるかもしれない。

そんなことはあってはならないと、ペイスは激怒した。

「絶対に許しません!!　こうなってはあのデカトカゲはモルテールン家の敵です。是が非でも、落とし前を付けさせます!!」

「ちょ、若大将!!」

「いざ、出陣!!」

率先して動き出したペイスを止める人間は、一人も居なかった。

衝撃の作戦

「モルテールン家、一同傾注!!」

ペイスの号令に、訓練の行き届いた若手はピシリと背筋を伸ばして整列し、傭兵である兵士は何となくペイスの方を向いた。

ただならぬ雰囲気に、緊張が走る。

「これより、あのデカブツをぶっ倒します」

あのデカブツとは言わずもがな、神王国南部を襲った伝説の怪物、大龍《ドラゴン》である。全長は優に二百メートルは超え、全高も四十メートル以上はあるだろう。どこの怪獣映画だと言いたくなるような化け物であり、もって災害と天災の親戚である。

既に何百という単位で人が食われており、近づくことさえ論外。まず出来るだけ遠くに逃げ出したくなるような異常事態だ。

倒すにしても、人間の武器などは毛の先ほどにも効果が無い。トンを超えるような杭《くい》を使った攻城兵器ですら、かすり傷さえ負わせることが出来なかったと記録に残る。難攻不落の堅城。一歩歩くだけでも破壊をまき散らす天下御免の破壊者《デストロイヤー》。

空飛び地を駆け傍若無人に暴れる怪異だ。逃げきれるかどうかを心配するような状況で、よりにもよってペイスは何といったか。

ぶっ倒すと宣ったペイスの周りでは、悲鳴とも怒号ともつかない声が上がった。

「そんな無茶な!!」

「分かっています。あのオオトカゲ、ちょっとやそっとの攻撃ではびくともしない」

ペイスが龍を甘く見ているのか。

いや、そんなはずはない。誰よりも夢見がちでありながら、その為にはどんな手でも使うリアリストがペイス。

ならば発言の真意は何か。部下たちは口々に問いただす。

「剣は弾かれ、矢は刺さらず、挙句の果てに何でも食う。スタミナは無尽蔵で、足も速いし空も飛べる。弱点などはありません」

「勝てっこないじゃないですか」

そもそも、弱点などというものがあるのなら、後は国軍に任せれば良いのだ。領地貴族の反乱に備えるという意味を隠しながらも、建前上は領地貴族の手に負えない事態に対処するために国軍があるのだから。

しかし、ペイスの意志は固い。

「そうですね。確かに普通に戦って勝てるものではない」

「じゃあ、逃げましょう」

「駄目です」

「何故⁉」

戦って勝てないと分かっていながら戦う。そんなものは作戦でも何でもない。三十六計逃げるに如かずと若手たちに教えたのは他ならぬペイスである。

今逃げても恥にはならない。なるはずがない。あんな、台風と地震と火災がまとめてやって来たような天災に、人の力で抗おうとするのはそもそも間違っている。

部下たちは、一生懸命ペイスを説得しようとしていた。自分の命がかかるだけに文字通り必死の覚悟で。

それを聞いていたモルテールン家の異端児は、滔々と語り出す。ここで戦わねばならない理由。龍を放置できない理由。

今、戦わねばならないのだという訳を、口にしたのだ。

「あのワニモドキが、僕の果樹園を荒らしくさったのです。数年かけ、いよいよこれからという時に‼　林檎《ボンカ》に桃、柿、栗《クリ》、葡萄《ブドウ》、蜜柑《ミカン》……苗木から育てるのに、どれだけ苦労したことか。絶対に許せません‼」

部下たちは、ただただ呆《あき》れた。

人間、驚きや怒りを通り越すと、頭の中が真っ白になるらしい。

ペイスが一体何を言っているのか。分かった人間など居るのだろうか。

たかが、たかがフルーツの恨みを晴らすために、絶対不可能な討伐に向かうという。アホである。馬鹿である。頭がおかしい。狂っている。何を考えているのかと、誰もが思う。部下たちの意見は実に正しいが、ペイスはどこまで行ってもペイスなのだ。

「……俺、逃げてもいいか?」

傭兵たちは、最早処置無しと逃げ支度をしようと動きかけた。

人として当たり前のことである。

しかし、その動きを制してペイスは言葉を続けた。

「分かっています。無謀だというのはもっともな意見です。突撃など自殺でしかない。しかし、今の僕は軍事指揮官です。勝てる見込みがあるのに逃げることを恥とします。皆の命を預かる者として、ただ無謀に吶喊しろとは言いません」

「ほう」

ペイスの言葉にいち早く反応したのは、パイロンだった。

彼は、ペイスのことを色々と調べている。特にモルテールン家に雇われる前後には金も使って徹底的に調べた。

そして出てくる信じがたい功績の数々。海千山千の貴族たちを相手取り、魑魅魍魎《ちみもうりょう》の大人たちの向こうを張って、決して他のものでは真似できないような実績を積み重ねてきたのがモルテールン家次期当主ペイストリー＝ミル＝モルテールンなのだ。

その功績の源泉は何にあるかといえば、常識では測れない、突拍子も無いアイデアを生み出す少

年の知恵。

魔法という超常の力や、父親の英名に惑わされがちではあっても、結局のところペイスの頭がおかしいのだ。

普通とは違った頭から生み出される、一見すれば狂っていると思われる思い付き。

これが過去に余人の思いつきもしない成果を上げたのだとすれば、もしかすれば今回もまた同じようなことが起きるかもしれない。

とりあえず話だけでも聞けや、とパイロンは部下を諭した。

「僕には勝算があります」

「勝算？　あれに？」

歩く天災に、人の力で勝つ。

どうあっても不可能だと思えるのだが、そこで皆は思い出す。目の前の小柄な坊主は、人の力以上の超常の力を持つ魔法使いであることに。

人知を超えた暴虐を相手にするには、同じく人知を超えた能力を使うしかない。人が龍に勝つには、それ以外に方法はないのだ。

それはつまり、魔法を使える人間が居るという時点で、勝てる可能性があるかもしれないということ。

世にも不思議な魔法の力を、まともとは思えない天才が使うなら、何か画期的な方法が有るのではないか。

皆の期待は否応なく高まる。

「僕にしてみれば、あんなのはただデカいだけの爬虫類です。恐るるに足りません」

「おお⁉」

そしてペイスは断言した。大龍などと御大層に呼ばれてはいるが、所詮は知恵無き獣であると。

幾ら空を飛ぼうと、不壊《ふえ》の鱗があろうと、破滅を呼ぶ巨躯があろうと、それがどうしたのだと。

どれほど体が大きくなろうと、相手が脳足りんのおバカであるなら、人は知恵によって勝てるのだ。ペイスは力強く勝利を約束した。

「我に秘策有り。皆には、僕を信じてもらいたい」

自分にはとっておきの作戦がある。そういったペイスの目には力がこもっていた。

「私は、とっくの昔に命はペイス様へ預けてるので」

「我々も、既に誓いを立てています。この命、忠義はモルテールン家の為に」

あまりにも自信満々なペイスの姿を見て、さっきまで逃げる算段をしていた連中も、もしかしたらいけるんじゃないかと思い始める。

特に、プローホルを始めとする若手の意気込みは凄い。

彼らは幼いころから英雄譚《たん》を聞かされて育った、育ちのいい人間ばかり。若い、血気盛んな年齢であり、自分も英雄になることを夢見ることが出来る年頃だ。

主家に身を捧《ささ》げ、忠義を尽くし、その果てに伝説のドラゴンを倒す。どこまでも痛快で、まさに自分が物語の登場人物になったような話ではないか。

ここで命を懸けず、どこで懸けるのだと、意気があがる。ペイスに煽られたとはいえ、心に燻る英雄願望に火を点《つ》けられてしまった。

「無駄死にはしねえってんなら、ここで命を張るのも契約の内か」

そして、傭兵たちも若手たちの熱意に釣られる。

元より、傭兵としては結構な金額で雇われているのだ。ただ死ねと言われればふざけるなと反発もしようが、勝算があるのだと言われ、雇い主自身が率先して先頭に立つと言われ、後に部下も続くとなったら、傭兵としては逃げられるはずもない。

ここで逃げればタダの臆病者ではないかと、思い始めた。誰の誘導かも気づかぬままに。

パイロンは、やれやれと溜息をついた。

勝算があるというなら、秘策とやらに賭けても良いだろうと。もしもそれで自分たちを捨て駒のように扱うつもりなら全力で逃げさせてもらうが、勝って生き残る目がまだあるとペイスが断言する限り、命令に従うのが仕事である。

世知辛い雇われは辛えと、愚痴の一つでペイスの意見に頷いた。

皆を煽りまくった当のペイス。大きな布を何処からか調達してきた。どうやら、ボンビーノ家の軍用テントを失敬してきたらしい。後で返すとペイスは言うが、どうあれ自分が生き残る確信を持っているようだった。

本当に龍に襲われれば壊滅するのだ。今更布の一枚や二枚盗まれて怒る人間も居まい。

「皆にはこれを」

「これは?」

「ただの布です」

「布？」

ペイスは、〝たまたま都合よく落ちていた〟布を適当な大きさに切り、兵士たちに渡していく。

横断幕のような長さがある、幅の広い布だ。

人の二人や三人乗れるハンモックが作れそうな大きさ。

こんな布を、いったいどうしようというのだろうか。

渡された兵士たちも困惑気味である。

「ただし、僕が今しがた絵を【転写】した特別製です」

ペイスが、布に施した魔法の説明をする。

そこに【転写】で描かれていたのは、兵士の逃げ惑うような姿の絵。写真と言っても良いような、実に精巧な出来の絵画だった。

背景もきっちり描かれているし、遠目から見れば風景の一部と誤解しかねない出来である。

「おお、これにどんな秘密が？」

秘策というからには、こんなものでも大事なものに違いない。渡された人間は恐る恐るという感じで手に持ち、いったいどう使うものかと尋ねた。

「これには、ドラゴンを観察して得た、彼奴《あいつ》の好物の絵が描かれています」

「好物の絵……って、人じゃないですか」

「アレは、明らかに人の密集したところを視認して襲っていました。だからこそ、精巧な絵を使えば、しばらくは騙されてくれるはずです」

「騙される?」

ドラゴンの好物の絵。すなわち逃げる人の絵。

これをデカブツの前にひらひらとちらつかせれば、きっと餌が逃げていると勘違いするに違いない。

それは兵士にも理解できた。人間を餌と表現することには抵抗が有るにせよ、絵に描いた偽物の絵で龍を騙そうと画策すること自体は理解できた。

後は、騙した後にどうするのかだ。

「あなた方はこの絵布を持って、ドラゴンを攪乱《かくらん》してください。布を張り、ひらひらと目立つように。そこを襲いに来るドラゴンは、隙だらけです」

ペイスは、疑似餌で龍を釣るという。

絵に描かれた兵士が動き回っていると誤解すれば、龍は必ず釣られて追いかけてくると。

龍を観察した結果を分析したから間違いないというが、本当だろうか。兵士の疑念は尽きない。

しかも、肝心のことを言ってくれない。兵士に長い布を持たせ、布の方に意識を逸《そ》らせて誘導するまでは分かる。兵士も、面と向かって龍と相対するより、格段に安全になるだろう。

しかし、そこまでだ。誘導した後どうしようというのか。

「上手く誘導してくれれば、後は僕が何とかしましょう」

その後のことを、ペイスは語らない。

秘策なのだから秘密だと言い、上手く誘導できれば自分が後を引き受けるという。

納得出来ない。出来るはずもない。しかし、やるかやらないかでいえばやるしかない。

兵士たちは、しぶしぶペイスの指示に従い、布の端を確認した。

「では、行きましょう。伝説を作りますよ」

ペイスの号令と、魔法の発動は同時だった。

気持ちの準備もまだまだだった兵士たちだが、すぐにもそんなことは言っていられないと気付く。

よりにもよって、大龍のすぐそばに【転移】しやがったからだ。

ぎゃあ、と叫びながら、兵士が二手に散る。事前に言い含めていた通りではあるのだが、言われた通りに動いているというより、逃げる方向がたまたまどちらかの方向しかなかったというだけなのだろう。

走りながら、一番最初に布をひらつかせたのはプローホルだった。逃げながら布を広げ、風に煽られる絵はバタバタと動き、描かれた兵士の絵にリアルな逃げっぷりを再現する。

龍も気づいたらしい。散々に逃げ、自分が追い回していた〝餌〟が、自分から沢山来てくれたとでも感じているのだろう。食欲に刺激され、目は二つの集団を追いかけている。そして、やがて一つの集団に目線を固定する。

ゆっくりと、ゆっくりと動き出した龍。

そんな龍の目の前。たった一人で立つ男がいた。

風に髪をたなびかせ、不遜な笑みを浮かべつつ、剣を構えて口上を述べる。

「我こそは、ペイストリー。我が名をもってそこな龍に告げる。土地を荒らし、罪なき良民を食らいしは大悪であると。今すぐ反省し森に帰れ。さもなくば、モルテールンの名においてお前を誅《ちゅう》する!!」

逃げ惑っていた兵士たちにもよく聞こえる声。何処までも通りそうな、澄み切った声での宣言だった。

じっと剣を構えるペイスと、餌を追う龍。そのまま龍とペイスの距離が近づき、龍が大口を開ける。

いざ決戦の瞬間かと思われたその時。

「若大将が食われた!!」

そのまま、ペイスは龍の口の中に消えた。

混乱と勝鬨

人は、信じていたものに裏切られた時、動揺する。あれほど自信満々であり、秘策があるとさえ言っていたペイスが、あっさりと大龍に食われてしまったのだ。これは混乱して当たり前である。

その場で走り回っていた連中は、一斉に狼狽した。

「え!?」

「うわぁ!! 何だよ、これ!!」

ペイスが食われてしまった。

それだけで、あっけなく烏合の衆となり果ててしまう。それは仕方のないことかもしれない。

元より反目しあっていた若手と傭兵。曲がりなりにも一つの集団となっていたのは、ペイスあってこそである。

結合の要を失った集団。それは、龍にとってみればただの餌の集団でしかない。

自分たちが食われるだけの存在になり果てた。男たちがこの事実を自覚してしまったならば、積み重ねてきた自信や自負はゴミのようなもの。

蜘蛛の子を散らすが如く、逃げ惑う者たち。

しかし、強大な敵を目の前にして、それでも尚心折れずにいたものが、二人。

従士プローホルと、傭兵団長パイロン。

彼らに共通するのは、このまま散らばっても意味がないという認識を持つこと。ばらけて逃げて、待っているのは餌になる早さの違いだけだ。早いか遅いか。どちらにしろ餌にされる。

「おう若いの。お前さん、何故逃げねえ?」

「さあ、何でだろうな」

プローホルは、パイロンの質問に、答えを持ち合わせていなかった。

逃げない理由をあえて言うのであれば、ペイスという規格外を知っているからだろうか。あのペイスが、あれほど自信を持っていたことに、一抹の期待を持ってしまうのだ。何をしたかったのかはさっぱり理解できないが、それでも〝何かしてくれる〟という期待だけは裏切られたとは思えなかった。

絶対に、タダでは食われたりしない。何かは分からないが、何かある。その無形の信頼だけが、プローホルの足をとどめていた。

「あんたは逃げないのか?」

「それがな、逃げる気になれねえんだよ」

パイロンは何故逃げないのか。それは、偏に当人の直感だろう。

今まで幾多の戦場を渡り歩き、死にそうになった経験も腐るほどしてきた。

数多くの経験に照らし合わせても、今ほどの窮地はそうそう無い。絶対に勝てない敵と相対し、自分がただの餌でしかない状況に置かれるなど。生まれて初めての経験であり、最大級のピンチ。

理屈では危険だと分かっている。どう考えても逃げるべき場面。生き残ることこそ傭兵の身上であり、命あっての物種だ。

しかし、心のどこかで、逃げる自分を押しとどめている。

それが何に起因するのかは分からない。

「一つだけ言えることがある」

「お、奇遇だな。俺もどうしても言っておきたいことがある」

プローホルとパイロン。

これまで反目していた二人ではあったが、ここに至っては建前や飾りは不要のこと。

「あのガキは絶対ぇ許さねえ!!」

「こんな話は聞いてない!!」

「「死んでたまるか!!」」

二人の心は、いや、そこにいる全員の心は、一つになる。

こんなところで死んでなるものか。あのクソガキに、生き残って恨み言の一つでもぶつけてやる。

大龍だろうが、掛かってこいや。

そんな、ある種の開き直り。

走り出した男たちが、布を使って龍の気を惹き続けている。

時折布が食われることもあるのだから、これが無ければ今ごろは揃って龍の餌だ。死者が出ていないのは奇跡とさえ思える。

「おら、こっちこいや!!」

「こっちだデカブツ!!」

散々に走り回り、息が上がり始めたころ。

最初に状況の変化に気付いたのは、目ざとく全体を注視していたプローホルたち若手従士だ。

「おい、なんか動きがおかしくねえか？」

「ああ。急に明後日のところで暴れ始めた」

龍が暴れ始めた。いきなり倒れ込んだかと思えば身をよじらせ、尻尾をやたらめったら振り回しつつ、引っ切り無しに大声で叫ぶ。

餌をとるわけでもない。何かを攻撃するでもない。ただ、駄々っ子が地面に転がるように、ジタバタと暴れながら辺りに破壊をまき散らす。

地は抉れ、周囲も一面が荒野となっていく中で、はっと気づいたのはプローホルだった。

「そうか!! 若様がやらかしたんだ!!」

何をどうやってかは分からないが、ペイスはまだ生きている。

それを確信したプローホルが、大声で歓喜の声を上げた。

「ようよう、俺は単にお腹《なか》を壊したって説を提唱するよ」

事情を少し遅れて察した若手の一人が、くだらない冗談を言う。

きっとペイスなんてものを食べてしまったから、お腹を下したに違いないと。

「おお、そうかもな。あんなゲテモノ腹に入れたら、壊しもするだろ……って、ああ、そういうことか⁉」

龍が勝手に暴れ始めたことで余裕の生まれた兵士が、冗談に乗る。

こんな最低の状況に巻き込みやがったクソガキだから、きっと消化に悪いに決まっていると笑った。そうだそうだと周りも乗っかる。

そして気づく。

飲み込むことと、食べられることの違い。

ぎゃあああ、とひと際大きな叫び声が辺りに轟く。

ビリビリと空気が震え、へたり込んでいた何人かは風の勢いで転がるほど。

一体どうしたのか。

龍の方を見ていた面々は、怪物の体が傾《かし》ぎ始めたのを見て取る。

「倒れる‼」

「ヤベ‼　離れろ‼」

ドン、という大きな音と共に、横倒しになる巨龍。何十メートルもある巨体が、鉄よりも硬い鱗でもってボディプレスすれば、地面などはプリンのようなもの。

砕け、抉られた石土が、とんでもない勢いで周囲に飛び散る。

「痛ええ！！！」

「ゴフっ!!」

「こっち六人やられた!!　応急処置急げ!!」

「二人軽傷、救助に回るっ」

腹に飛び散った石の弾を受けて腸がはみ出たものや、頭に衝撃を受け、血をドクドクと流しながら昏倒《こんとう》する者など。

さながら拳銃乱射事件の現場である。

どうあっても助かりそうにない重傷者が出ている中、異変は龍の方にも起きた。

「ふぅ、ドラゴンのお腹の中は、居心地が良くないですね」

倒れ伏したドラゴンの口から、ひょっこり出てきた人間がいたのだ。

「若大将!?」

「ペイス様っ」

「驚くのは後です。怪我人には、龍の血をかけましょう。古来より、龍の生き血は傷を癒す力があると言います。今なら血も新鮮です」

「はい!!」

訓練が為されている連中は、指示を受けると行動も早い。

ペイスの体にべっとり纏わりついていた血を、重傷者から順にかけていく。

すると不思議なことが起きる。見る見るうちに、傷が塞がり、重傷者の顔色が良くなっていくのだ。

傍目にはペイスが魔法を使っているようにも見えるのだが、ペイスの魔法は絵描き。そして、機密指定されている父親から貸与された瞬間移動の二つ。

だとすれば、やはりこの異常なまでの、まるで魔法のような回復は、龍の生き血によるものなのだろう。

傭兵たちの目の色が変わる。今の内に確保しておけば、どれほどの値で売れるかという、欲深い目。

流石に怪我人が転がっている現状で略奪行為をするわけにもいかず、挙動の怪しい連中が発生。

それを見ながらペイスは笑う。

「誰か、僕に対してお帰りぐらいは言ってもいいんじゃないですか？」

「こんっのっ!!　ああ!!　クソボケが!!」

パイロンは吠えた。

生き残った安堵や、ペイスへの溢れんばかりの苦情や、それでもどこかで信じていた気持ちへの想いや。嬉しいやら腹立たしいやら喜ばしいやらムカつくやら。

この複雑な気持ちは、ペイスを見やる全員が感じていたことなのだろう。

既に、何が何だか混乱している状況にあるが、一つ確かなことがある。

自分たちが、伝説の一ページが作られる現場にいたことだ。

「ペイス様、私は信じておりました」

「おう、俺らも若大将ならきっとやってくれるって信じてた。なっ、そうだよな!!」

「無事のお戻り嬉しく思います」

「生ぎててよがった……俺、いぎてる。ペイスざまもいぎてるぅ」

「トール、何も泣かなくても……」

怪我人も、自分たちが傷一つなく回復してることに驚きつつも喜び、生き残った連中は手放しで歓喜する。

死を覚悟していただけに、涙を流す者も居れば、疲れ切って仰向《あおむ》けに倒れるやつも居る。

収拾が付かなくなってきたところで、総大将がパン、とひとつ柏手《かしわで》をうった。

「皆さん、最後までよく頑張ってくれました。皆のおかげで、こうして偉業を成し遂げることが出来ました」

ペイスは、皆を見回す。

そしてにこりと笑った。

「我らの勝利です!!」

「「おおお!!」」

天高く響く勝鬨《かちどき》の声は、どこまでもどこまでも響いていった。

ドラゴンはフルーツがお好き

ボンビーノ領ナイリエでは、大勢の貴族が集まっていた。南部の貴族が中心であるが、多くが領地貴族である。

何故彼らが集まっているかといえば、集まった貴族の共通点にある。

彼らの共通点、即ち、害獣災害並びに龍災害による被害の影響を受けた者たちということだ。

魔の森から現れた野獣の群れ。害獣の大軍は、恐らく龍に追い立てられて逃げたものと思われるが、それだけに気が立っていて腹も空《す》かせていた。

農地に対する被害、家畜に対する被害は言うに及ばず、人に対する被害も起きている。

そして、その後に起きた大龍被害。これは、主にルンスバッジ領で起きた被害であるが、ボンビーノ領でも被害は起きているし、僅かながら外の領地にも影響が出ている。

壊された街道の復旧もこれからであるし、未《いま》だ完全な駆除に至っていない害獣も今後影響は残るだろう。

しかし、そんなネガティブな話を吹き飛ばす話題がある。

それが、ドラゴン退治だ。

王家の紋章に龍があるように、この国のみならず高貴な者にとって龍というのは特別な存在だ。

どの国も、大抵の王家には龍と闘った伝承が残るほど。

しかし、実際に倒してしまったという話は、前代未聞である。

歴史をさかのぼってみても、これほどの偉業を成し遂げた人間の話は存在しない。

ならば、祝わねばならない。

ボンビーノ・モルテールン連合軍による一連の働きと、特大の功績に際し、祝いの席を設けるのは当たり前である。

手に手に持った杯にはワインが注がれ、今や遅しと乾杯を待ちわびていた。

興奮冷めやらぬ貴族たちの前に、美しい女性と共に年若き貴族が現れる。

開催者として前に立ったのは、ウランタ＝ミル＝ボンビーノ。横の女性は妻であるジョゼフィーネ＝ミル＝ボンビーノだ。

「お集りの皆さん。まずは集まっていただいたことに感謝申し上げます」

最初は、ウランタの挨拶から。

極無難に話を始め、社交辞令のみを口にするありきたりな挨拶。

ことによれば退屈さを感じるかもしれないが、今話題の渦中に居る人物の話として、皆真剣に聞き入っていた。

「当領を、また南部のあちこちを荒らしていた害獣災害は片付き、その元凶と目される〝特殊個体〟も、当家と、そしてモルテールン家が力を合わせ、無事に片付けることが出来ました」

特殊個体とは、あえてボカした言い方だ。

これは、ウランタがペイスに対して気遣った結果である。下手にドラゴンキラーとしての成果のみが先行して伝わってしまえば、それこそ国中どころか世界中で大騒動になってしまう。国によってはドラゴンを神聖な神の使いとしているところもあるのだから、余計な騒動も増えてしまうだろう。ある程度の根回しが終わるまでは、出来るだけ詳細な内容は伏せておこうというのがボンビーノ家によるモルテールン家への配慮という訳だ。

勿論、バカでかい怪物など隠せるはずもなく、噂としては広がっていくのだが、モノがモノだけに噂を聞いても半信半疑な人間が多い。おとぎ話の中に出てくるような伝説上の生き物を討伐したと言われても、普通はまともに話を聞かない。

それでいいのだ。下手に隠そうと躍起になってしまっては、余計に噂に信ぴょう性を持たせてしまう。あえてふんわりとしたいい加減な情報を流布し、何なら尾鰭《おひれ》もつけて自分から広める。そうしておけば、元々信じがたい内容の噂なのだから、大げさになった話など更に嘘っぽい話になる。

この辺の情報操作のやり方は、モルテールン家のやり方だ。ウランタの耳元で囁《ささや》いたのが誰であるのか。賢明な人間ならば察して余りある。

挨拶も終わり、いよいよ乾杯だ。

とにかく強敵に打ち勝ったとだけ分かればいいと、乾杯の言葉はシンプルに一言。

「戦勝を祝し、乾杯‼」

「乾杯‼」

杯を掲げる皆の顔は、これからどう動くかを計算する獣のような顔である。

これも害獣討伐なのだろうかと内心で皮肉を利かせるウランタは、主催者として挨拶回りを始めた。

本来であれば、最初に足を運びたいのは今回の勲一等、モルテールン夫妻の所。しかし、今日に限ってはそうもいかない。まずは、目ぼしい招待客に挨拶をしていく必要がある。主催者として、まずは全員に声を掛けねばならないのだ。

いっそのこと、ペイスたちには最後に声を掛けることにして、一言二言の簡単な挨拶を順々にこなしていく。

ペイスもペイスで、主役の一人として周りを人に囲まれていた。妻であるリコリスと共に、こなれた社交を行っているところなどは実に貴族らしい。

お菓子、軍事、政治、経済、お菓子、人間関係からお菓子まで。話題の幅が広いペイスは、会話も上手い。時折笑いの混じる程度には明るい雰囲気で輪を作っていた。大人でも太刀打ちできないような博識ぶりを披露しつつも、会話では聞き役に徹する。こういった雑談からでも案外情報を拾えたり、商談に繋がったりするもの。たかが雑談と馬鹿にすることは出来ない。

小一時間ほど、モルテールンの若夫婦は社交の花として場を賑わせた。

そこにやって来たウランタとジョゼのボンビーノ夫妻。あいさつ回りを終えて、ようやくペイスたちと会話が出来ると、リラックスした表情でペイスたちと相対する。

「ペイストリー殿、改めて、ご活躍でしたね。ご助力頂けたこと感謝いたします」

「いえいえ。ウランタ殿のご配慮あってのことです。活躍というなら、ウランタ殿こそお見事でした」

互いの社交辞令から会話が交わされる。

「ペイス、リコちゃん、元気そうね」

「ジョゼ姉さまもお変わりなく。相変わらず元気すぎますね」

「お義姉《ねえ》様、お幸せそうで嬉しく思います」

そしてモルテールン夫妻は、ウランタの横にいたジョゼとも言葉を交わす。

ボンビーノ家に嫁いだ姉との会話だ。久しぶりというのなら久しぶりの会話になるのだろうが、姉に対する遠慮などは元々持ち合わせておらず、ジョゼの方も弟に対する遠慮会釈などは存在していない。

少しばかり揶揄ったペイスに対し、ジョゼは睨みを利かせる。ここが人目の有る所で良かった。身内だけなら、ジョゼは遠慮なくペイスの頬を引っ張っていたことだろう。

弟の方も弟の方で、吹けもしない口笛を吹かすところが、仲の良さである。

「あ、そうだリコ、ちょっとウランタ殿と内緒話がしたいので、姉様のお相手をお願いできますか」

ペイスが、ウランタに対して密談を提案する。

ここまで露骨な提案だと、流石に断ることも出来ないと、ウランタは苦笑いだ。周りで聞き耳を立てている有象無象は、ここぞとばかりに距離を詰めてきている。あからさますぎて笑ってしまいそうだが、それでも男同士の会話というのも重要だと分かっているウランタは、ジョゼに対して席を外すよう要請する。

「ジョゼ、そういうことらしいので、少しの間お客様のお相手を頼みます」

「分かったわ。じゃ、リコちゃんあっちに行ってお話ししましょう」

「はい」

ジョゼとしても堅苦しい話は苦手なので、これ幸いと義妹を連れて食事を摂《と》りに行く。漁港や交易港を抱えるボンビーノ家は、昔から食材に関しては一級品であり、金銭的にゆとりの出来てきた昨今は食にも磨きがかかっていると評判である。まして、味にはとことんこだわるペイスと縁を持ったこともあり、料理の質はあのレーテシュ家にも引けを取らない。

あれが美味しいのよ、と言いながら、ジョゼは義妹を連れ回す。

女性陣を見送り、こっそりと二人での内緒話が出来る状態になったウランタとペイス。やれやれとお互い息をつく。

改めて、義理の兄弟が肩の力を抜いた挨拶を交わした。

「こうして祝賀会をするのは、久しぶりですね」

「そうですね。確か、海賊討伐の時でしたか」

昔、ペイスとウランタは、同じように戦勝の祝賀会を行ったことがある。ボンビーノ領の界隈《かいわい》を荒らしていた海賊討伐の時。実際は海賊を装った他家の謀略であったのだが、この謀略を打ち砕き、ボンビーノ家興隆の切っ掛けとなったのがその時。

初めてペイスとウランタが顔を合わせたのもこの海賊討伐の折であり、以来ウランタは何かとペイスを慕い、両家は親しく付き合いを続けてきた。

「お互い、独身の時でしたね」

「そうでした」

二人が笑う。

前に祝賀会をやった時は、婚約者こそあれウランタもペイスも独身だった。気楽な独身であった時が、懐かしい気もしますと、他愛もない雑談に花を咲かせる。

ペイスもウランタも、結婚相手には何の不満もないし、結婚したことに後悔など微塵《みじん》も感じないが、かといって独身時代の自由さが懐かしくないと言えば嘘になる。

結婚してもフリーダムな人間も居る気がするが、それはそれとして独身時代の懐かしさをネタに会話が盛り上がった。

一方その頃、女性陣も女性陣で盛り上がっている。

美味しい食事が好きなのは男女を問わない。脂の乗った鮮魚を港から直接仕入れ、遠い国の香辛料もふんだんに使えるボンビーノ家の供応料理は、味に関してはジョゼをして最高と言わしめる。新鮮な魚介類に関しては、モルテールン家ではどうあっても太刀打ちできない。

「リコちゃん、ここの魚は本当に美味しいのよ。うちの自慢なの」

ジョゼが勧めたのは、白身魚のマリネ。鯛《タイ》の仲間のソレは、ボンビーノ以北でしか獲れない地場魚《じばうお》であり、深度の深い海で育つ。レーテシュバル辺りだと南に寄りすぎていて、神王国で水揚げされるのはナイリエぐらいだ。ボンビーノ領以北で水揚げされるとしたら、条件的に他国で獲れるものになる。

つまり、はぐれを食べるならまだしも、まとまった数が安定的に水揚げされるのは神王国ではボンビーノ領ぐらい。

ここでしか食べられない魚ということで、ボンビーノの特産ともなっている鯛だ。

白身の魚の身を皿に取り、一口食べたリコリスは、ほろりと崩れるその身の甘さに驚いた。

「ホント、美味しいですね」

「でしょう」

自分の作ったものでもないのだが、何故か自慢げなジョゼ。

弟が弟らしくない環境で育ったため、ジョゼは妹の世話を焼きたがるのだ。可愛い義妹に美味しいものを食べさせてあげられたと、実にご満悦である。

他にも、真っ赤で厳《いか》つい顔をした魚の煮つけであったり、貝を使ったパスタのような料理など、シーフードをふんだんに使った特産料理に、リコリスは驚きっぱなしだ。

そこでふと、前に聞いた話を思い出す。

「前にお義父《とう》様が、『うちの娘は魚に釣られて嫁いだ』っておっしゃってましたが、もしかして、本当に？」

「まさか。ちゃんと旦那は選んだわよ。でも、美味しいご飯も食べられるからってのはあったわね。毎日のご飯が不味いのは御免だもの」

「あはは」

婚活での条件に、食の充実というのが最優先にあったのではないかという疑惑。ジョゼに向けられた疑念の払拭は、美味しい食事の前では不可能である。

笑いも交じりつつ、美味しい食事に舌鼓を打つ美人二人組。

「華やかに会話が弾んでいるようですね」

そんな妻たちの様子を遠目に見ていたペイスは、仲良く談笑する二人に安心していた。内密の話も終わって迎えに行こうと思っていたところだったので、このままでいいかと思い始める。

「こちらはこちらで楽しみましょう」

偶には妻と離れて気心知れた男同士で。そんな思いは、ウランタも同じだったらしい。いつの間にか、手には酒の入った杯が二つ。誰と誰の分かなどとは言わずとも明らかだ。

「お、ウランタ殿は葡萄酒《ワイン》ですか」

「流石に貴族家当主として、飲めないでは格好がつきませんから」

「それはそれは」

貴族家の当主として、酒席に呼ばれる機会は多い。完全な下戸であるなら仕方は無いが、多少でも飲めるのなら飲んだ方が良い。酒の席で大事なことが決まるというのも往々にして起こり得るのが貴族社会の怖いところ。酒が飲めないからと遠慮していては、いつ何時大事な話を聞きそびれてしまうかもしれない。

「我が家が投資しているものの一本ですが、特に当たり年だったものです。今回は大盤振る舞いですね」

ウランタが用意したのは、酒所として有名なとある男爵領のワインだった。

ボンビーノ家がまとめて買い付けているワインの銘柄であり、当たり年の時は品薄でプレミアがつき、投資額がン十倍になったという曰く付きのワインでもある。

「いいじゃないですか。投資が実になるのは。それに比べてうちの果樹園……」

投資と聞いて落ち込むのは、ペイスだ。

彼が投資していた果樹園は、見事に無残なことになってしまった。被害を与えた相手はドラゴンであり、損害賠償請求も出来ない。

「まあまあ、土地はそのままなのですし、また気を取り直して作り直せばいいじゃないですか」

一度潰れたとしても、やり直せばいい。

そう言って義弟を慰めようとするウランタ。しかし、作り直すだけで満足しきれないのがお菓子馬鹿である。

「作り直すだけでは不満です。どうせなら、規模を拡張させたいところです」

ここぞとばかりに、ボンビーノ領にあるモルテールン家の植民地、もとい在外権益を、拡大させたいと言い出したペイス。転んでもタダで起きないのがこの少年である。

「……それは出来なくもないでしょうが」

「難しいですか？」

「政治的にも権利的にも、色々と厄介ごとが絡みます。しかし、どうしてもとおっしゃるのであれば、今回も含め、これまで色々と助力頂いたお礼ということで構いませんが」

「是非!!」

幸い、と言っていいのだろうか。今回の災害によって、大きく力を落とした家がある。

彼らが持っていたボンビーノ家に対する利権は、恐らく確保するのが難しくなるだろう。ボンビーノ家としては、下手に強勢の家に利権を奪われるよりは、気心知れたペイスに穏便に譲渡する方がマシというもの。

援軍で助けてもらった借りも返す必要があるのだからと、ウランタはモルテールン家の権益拡大に同意した。

酒の場で重要なことが決まることもあるとは、本当にその通りである。

「それにしても、今回の件、話を聞いた時は血の気が引きましたよ」

「あはは。ドラゴンの腹の中は、べとべとして臭かったですよ」

今回のペイスの秘策。腹の中から龍を倒すという作戦について聞いた時、ウランタは衝撃を受けた。そんなことをして無事なのかという、驚きだ。

「まさか自分から呑み込まれるとは」

「どう考えても、外側から攻撃して勝てる相手とは思えませんでした。しかし、中からならいけるかもしれないとは思いました。堅城を攻めるには内側から攻める。戦術の基礎ですよ」

「それはそうですが……ちょっとでも間違えれば、噛み殺されるかもしれないとは思いませんでしたか？」

「観察して、いけると確信していましたからね。一度喉奥に入ったものを、わざわざ口に戻して噛みなおす様子は無かったですし、口の中も良く見えていましたから。それに、喉に引っかかったものを吐き出そうとする様子もうかがえたので、中は案外柔らかいのだと判明しましたし。近くを飛び回っている時も、それとなく行けるか確認はしていました」

「それは凄いですが、そもそも、よく思いついたものです」

ペイスの奇想天外っぷりは今更であるが、それにしたところでわざわざ龍の口に飛び込もうと考えるのが凄い。明らかに死ぬと思えるところに活路を見出《みいだ》す。ウランタにしてみれば、死中に活を求めるような真似を狙ってやらかしたペイスの発想の凄さに、ただただ驚くしかない。改めてペイスの異常さが浮き彫りになったようにも思う。

「一寸法師というおとぎ話を知っていただけですよ。先人の知恵ですね」

しかし、ペイスにしてみれば、大きな怪物を小粒な者が相手にする時、まずは中からと考えるのは自然な発想だったのだ。おとぎ話の一寸法師に限らず、寄生虫が体内で宿主を殺してしまう事例だってある。表皮が硬くてどうしようも出来ないのだから、柔らかい所を狙う。敵の弱い所を攻めるのは戦術のいろはである、とペイスは言い張った。

「そういうものですか。ペイス殿は博識ですね」

勿論、ウランタは一寸法師などという童話は知らない。勉強家として知られるウランタでさえ知らないことを知っているペイスは、いったいどうやってそんな知識を得たのか。

誰しもが不思議に思うことであろう。

「そうそう、そういえば、今回の果樹園で駄目になったものを集め、使えそうな部分でスイーツを作ってみたんです」

そんな周りの不穏な気配を感じ取ったのか。

ペイスが、手土産を持ってきたと言い出した。当たり前の話として、スイーツである。

果樹園で潰されたもののなかから、まだ十分使えるものだけを厳選して活かした、ペイス御手製スイーツ。

「使えなくなったもの？」

「食べ物を粗末にすることも気が引けましたので、有効活用です。折角ならと、普段食べられないような贅沢仕様にしてみました」

早速とばかりに、ウランタにスイーツを振る舞うペイス。わざわざボンビーノ家の厨房《ちゅうぼう》を借りて作ったものだ。

「これは……」

「『フルーツパフェ』です。盛り付けにも拘りましたよ」

「素晴らしい」

ペイスが用意したのはパフェ。

それも、贅沢にフルーツを盛り合わせたフルーツパフェである。生クリームやチョコレートソースも使われていて、何よりも頂点にベリーがちょこんとのっているのがアクセントになっている。

色鮮やかなのっぽは、目からして美味しさを訴えてくるではないか。

「それでは早速」

特製の長いスプーンを手渡され、ウランタがパフェを食べようとした、その時だった。

「ペイス!!　何それ、スイーツ!?」

「げっ、見つかった」

ウランタの手にあったフルーツパフェを、よりにもよって一番見つけてほしくなかった人間に見

つかってしまった。

何のために女性陣を遠ざけたのかと、ペイスは頭を抱えた。

「ペイスさん、とても綺麗ですね。お菓子ですか？」

「リコまで……はぁ」

そして、食いしん坊の新妻には、義妹もまた参戦する。

ジョゼとリコの二人がタッグを組み、美味しそうなペイスの新作スイーツに熱い視線を送り続ける。

この状況下で、一人バクバクとパフェを食せる人間が居たら、その人間は鉄面皮を持っているのだろう。

無論、ごく標準的な面の皮しか持ち合わせていないウランタは、美しい芸術品を妻たちの手に譲渡する。

特にジョゼなどは凄《すさ》まじい。大口を開け、山のようなパフェをパクリとやっている。ドラゴンもかくやという食いっぷり。

笑顔を蕩《とろ》けさせてパフェを食べる女性陣を横目に、ペイスに対して肩をすくめてみせた。

「ペイス殿、ここは、撤退が最良ですよ」

「……ドラゴンよりも、奥さんズの方が厄介ですね」

最も恐れるべきは龍《つま》の食欲。

愛妻家二人は、お互いに深く共感するのだった。

第二十六.五章

チョコレートはほろ苦く

世に騒動の風が吹き荒れ、寒風の中に苦悩が渦巻く世情の中。王都に鎮座まします神王国十三代国王カリソンは、最高級品に囲まれた部屋で政務を執っていた。

他所の国であれば、部下任せで何事もよきに計らえとやるだけの国王も居る中にあって、カリソンは多くを自分で決める働き者である。神王国の歴史をさかのぼってみても、歴代一と言ってもいいほど精力的に職務をこなしている。それが何故かというならば、過去の大戦の影響だ。

よきにつけ悪しきにつけ、かつて一度、国内の政治体制を含め、既得権益と呼ばれるものが徹底的に破壊された。大戦の後に待っていたのは、大規模な政治再編と復興。リストラクチャリングだ。人材も含めて全てを一から再構築した経緯から、自然と王の権力は高まり、他の国には無い絶対王政に近しい権力集中が起きた。戦争で滅亡寸前までいった後、それが功を奏して非常に効率的な政治改革が行えたということである。

禍福は糾《あざな》える縄の如し。不幸の後には、幸運もやって来るものである。

そして、幸運の代償もまた然り。仕事のし過ぎで凝り固まった背筋を、カリソンはぐっと伸ばした。

「ふむ、そろそろ休憩にするか」

「はっ」

若い補佐官が、王の言葉に姿勢を正す。

内務に属する宮廷貴族の一人ではあるが、彼の仕事は基本的には王の秘書だ。下から上がってくる報告や連絡を整理したり、王のスケジュールを調整したりというのが仕事。

尚書や次官のような肩書はないので、基本的に報告を取捨選択することは出来ない。上がってきた報告は、全て王に伝えねばならないのだ。彼が行うのは、あくまでも国王の仕事を補佐すること。交通整理係である。

また、仕事の一つには休憩する王の疲れを癒すことも含まれる。具体的には、喫茶軽食の準備だ。レーテシュ産の最高級茶葉を使い、王の好みに最適のお茶をいれるのも仕事の内。補佐官の部署では、代々にわたって国王や王族、或いは高位貴族の好みが口伝で伝わっている。

「今日は例の物を用意してあるのだろうな」

「勿論でございます陛下」

だからこそ、国王の曖昧な指示語でも意味を把握する。

あれそれこれで通じるまで、王の嗜好《しこう》に精通するのは職務の一環だ。

「うむ、よし。疲れた時はアレに限る」

国王の休憩の際出される軽食や、お茶のお供として出されるお茶菓子。これは世界一であるとカリソンが密かに自慢しているものでもあった。

神王国の粋を尽くした王宮というものは、常に最高峰のものが求められる。料理人も日々研鑽《けんさん》に努めているし、切磋琢磨《せっさたくま》を怠ることは無い。しかし、だからこそ出される内容そのものが大きく変わることは無い。

何故かというなら、長い歴史の中で、常に最高峰であり続けてきたからだろう。

才能の有る人間が、幼少期からその道に従事し、怠ることなく研鑽し続け、長き年月を経て一流と呼ばれる職人の境地に至る。それだけでも、恐ろしく困難な道のりであることは想像に難くない。

そんな一流の人間が何人も集まり、喧々囂々《けんけんごうごう》の議論を行い、お互いを高めあってきた王宮の中。その頂きは、研磨というのであればそれ以上ないほどに徹底的に磨かれた果てにある。

最高の才能が、何十年という研鑽を積み、これ以上はあり得ないと断言できる至高の料理。それこそが宮廷料理人の料理というもの。お菓子も然り。宮廷料理人の菓子以上のお菓子など、市井《しせい》にあるはずもない。

最高峰の頂に至ろうと思えば、必然的に発想は収斂《しゅうれん》されていき、技術は収束していく。長い長い歴史の積み重ねの上に、最高峰が聳《そび》え立つ。

宮廷料理は積み重ねてきた伝統こそ至高。

しかし、この常識を覆したのが一人の少年。

お菓子の分野のみとはいえ、宮廷料理人でさえ知らない、作れない菓子を考案。しかもそのお菓子は美味しさという面で宮廷料理人のそれを超えていた。

王宮に衝撃が走ったのは言うまでもない。

特に国王カリソンは、新しいお菓子を気に入った。世界一美味しいと絶賛されたお菓子を『アマンド・カラメリゼ』と呼ぶ。

その中でも、イナゴマメを使った『アマンド・カラメリゼ・ショコラ』は相当に美味しい。

今王宮では、このお菓子がブームになっている。

「やはり美味いな」

お気に入りのお菓子を摘まみながら、カリソンは頬を緩める。

疲れた時に食べる甘いお菓子は、とにかく美味しい。

「ところで陛下、そのお菓子について、一つ噂が流れていることはご存じでしょうか」

「噂?」

補佐官が、国王に話題を提供する。

こういった肩の力を抜いた場で会話できるのは、補佐官の特権だ。市井の噂や、巷の流行といった、いわゆる〝俗っぽい話〟というのを、カリソンは好む。

「はい。曰く、イナゴマメを使ったショコラはあくまで代用品。本物は別にある、と」

「ほほう。面白い噂だ。出所は?」

カリソンの大好物が、実は代用品という噂。これは中々に捨て置けない話だ。

仮に噂が事実だとして、代用品でこれほど美味しいのなら、本物はどれほどに美味いのか。実に興味をそそられる。

勿論、噂というのはいい加減なものだ。箸にも棒にもかからないような掴みどころのないものや、そもそもどこから出てきたのか分からない出鱈目《でたらめ》なものまで。色々と噂にも種類がある。

ショコラの本物の噂。どの程度の確度かとカリソンは尋ねる。

「……モルテールンからだと」

答える補佐官は、若干言いよどんだ。

自分が思っていた以上に国王の食いつきが良く、思ってもみなかった反応だったからだ。ここで下手に受け答えをしてしまえば、自分の評価に繋がるということが頭をよぎったせいだろう。

しかし、補佐官の答えはカリソンの興味を更に深める結果となった。

「またあそこか。大人しくするということを知らん奴らだな」

「はあ」

そもそも、モルテールン家というのは新しい家だ。出来てまだ三十年もたっていない。新興というならその代表のような家だろう。少なくとも数代は代替わりを経験していない限り、貴族としての格式や風格というものは生まれない。普通ならば、貴族としてのいろはを派閥の先輩などに教わりながら、身に着けている途中でもおかしくない。

にもかかわらず、モルテールン家の起こした騒動は枚挙に暇《いとま》がない。

毎年のように戦いの場に赴いては手柄をあげまくり、大物貴族を相手取っては散々に振り回し、果ては常識はずれなトラブルを起こしては関係各所を不夜城にしてしまう。

大人しさや慎ましさという言葉とはとにかく縁のない家である。

しかし、そんなモルテールン家であるが、カリソンが手放しに褒めたことがあった。それは、勿論大好物の作り方を王家に献上したことだ。

洗練された格式といえば聞こえがいいが、要は面白みのない食事であった昨今。停滞ともいえる王宮の食文化に風穴を開けた功績は素晴らしいの一言である。

そんなモルテールン家が、自分たちの作ったお菓子について語る言葉。これは、真実味の有りそうな内容ではないか。

「それで、本物は当然手に入れたのだろうな」

今食べているのが〝紛い物〟であり、〝本物〟を作ることが出来たというのなら、王としては当然〝本物〟を食すべきである。

そう語るカリソンに、補佐官は自分の失敗を悟った。この話、するんじゃなかったという内心が、あからさまに顔に出ている。

「はっ、それが……」

「何だ」

「本物の〝ショコラ〟なるものが、貴重であるとのことで、一粒しか手に入れることが叶《かな》わず」

「何？」

カリソンの声は、当人すら意図しないほどに低い声であり、威圧感が漏れていた。

これが、手に入らなかったであるとか、大量に手に入っているというのなら問題は無い。しかし、手に入ったはいいものの、たった一粒というのがいただけない。

「陛下への奏上をするべきではないとの意見もありまして」

「誰がそんなことを」

「典礼省の者が。毒見をするなら一粒では足りず、切り分けて食べ残しを陛下に献上するのも不遜であると」

儀礼を司《つかさど》る典礼省であれば、格式張った四角四面の対応をする。

目新しい食べ物が献上された際、国王の身を案じる人間であれば、安易に王の口に入れることは憚《はばか》られるのは当然。毒というのも考えられるし、そうでなくても遅効性の作用があるかもしれない。

或いは、毒で無いにしても不都合な効果のある食材かもしれないのだ。

例えば、とある国から献上されたものの例で「サソリ」がある。その国では普通に食べられているものだというが、ただし書きには〝毒がある〟という言葉があった。どこにどう毒があり、どうやって毒を抜くのか。それが分からないうちに王が口にすることは断じてならないと、結局何人かが人体実験のようにして口にし、相当期間の観察を経た後に国王が欠片を口にした。

また、ある献上品では「蜂蜜」というものもある。これは、成人が食べるには一切問題のない食物であったが、乳幼児が口にすることで健康被害が起きることが後に判明。王家への献上品として納めていた人間は、悪意があったかどうかを入念に調べられることになった。

他にも幾つかの例が示す通り。国王というものは、物珍しいものをホイホイ口にすることが出来ない立場なのだ。

だからこそ、一粒だけというお菓子は、いっそ無かったことにしてしまえという意見もあった。

カリソンは、低く唸るような声で命じる。

「……構わん。持ってこい」

「しかし!!」

「俺が良いと言っているのだ。構わん、持ってこい」

「分かりました」

国王の厳命だ。補佐官は、すぐにも準備を行う。

そして持ってこられたのは一粒の茶色い物体。香ばしきカカオの香りが漂う、艶やかな一品。

「これが本物か」

「モルテールン家の者はそう申しておりました」

「元々のアマンド・カラメリゼもモルテールンの功績よ。其《そ》の者がこれこそ本物というのなら、こちらの方が正解であろうよ」

カリソンは、おもむろに粒を掴むと、ひょいと口に入れる。

警戒心の欠片もないやり方に、周りの人間は大いに慌てる。

「陛下!!」

「ン? ンン⁉」

「どうされました⁉ 誰か!!」

カリソンの様子が、明らかに変わった。目を白黒させ、動揺を露わにしている。もしかすれば、喉に詰まりでもしたのかと、数人が王の周りに集まる。

その慌ただしさを軽く手を挙げて制したカリソン。何でもないと態度で示す。

「良い、ただ驚いただけだ」

「驚いた?」

「うむ。なるほど、これは美味い」

口の中で溶ける〝チョコレート〟の味。

どこまでも甘く、香ばしく、天上で精霊の演奏を聴くかの如く幸せな気持ちがやって来る。

美味しい。ただその一粒に凝縮された美味しさが、実に素晴らしい。そして、食べ終わってやって来るのは満足感。更にはもっと欲しくなる欲求。

「しかし、たかが一粒では足りん。全然足りんではないか」

「……目下、増産に励んでおりますと」

如何にペイスといえども、無いものはどうしようもない。

領内の環境を激変させてまでカカオの増産を目論んでいるのだが、安定的な国内供給は数年後を見なければならない。

そのことを伝えられたカリソンは、実にじれったい思いを覚える。これほど美味しいものを、もっと作れないのかと。

「ふむ、増産か。……広い土地が必要か？　それとも金か？」

どうせなら、何か〝適当な名目〟を理由に、増産に必要なものを進呈してもよい。

そう思えるほどに心をとらえて離さないのがチョコレートというもの。甘い魅力にはまってしまい、誘惑を断ち切るのが実に難しい。

ああショコラ。それは名君をして惹きつけられる魅惑のスイーツである。

そんな君主の姿に、補佐官は世間話ついでに報告を口にした。

「それに関連しまして、一つお話が……」

カリソンの顔が、驚きに染まった。

◇◇◇◇◇

寒い冬のある日。

王城の中にある中央軍執務室に、モルテールン男爵が顔を出した。下手な町ぐらいはある広大な王城にあって、高級軍人以外は滅多に寄り付くことのない場所だ。

モルテールン男爵も一応は国軍の主要な大隊を預かる身。この場所に居ること自体は特に問題になることではない。しかし、珍しいことではあった。

「カドレチェク大隊長、少し良いですか」

日頃、精鋭たるもの実践と実戦あってこそという信念のもと、厳しい訓練を行うことで知られる中央軍第二大隊。元々は貴族街の警備が主任務であり、規律こそ最重要とされていた大隊のカラーを、今の大隊長たるカセロールが塗り替えた。訓練訓練また訓練。国軍の精鋭と呼ばれるからには、国一番の実力が有って当然だという理屈のもと、徹底的に鍛え上げられる第二大隊。彼らの訓練を指揮するために、日頃はカセロールも訓練場に入り浸っている。

執務室の、それも第一大隊の隊長に面会を求めるのは非常に珍しい。しかも、事前のお伺いを立てるような貴族的な手順を一切踏んでいない。つまり、完璧に軍人としての用事ということだ。

「モルテールン隊長。どうしました?」

険しい顔をして突然訪ねてきたカセロールを、第一大隊を預かるスクヮーレ＝ミル＝カドレチェクがほほ笑むような顔で迎えた。

落ち着きのある対応は、安心感を生む。さぞ親や祖父母の教育が行き届いているのだろう。最高位貴族の跡取りとして、英才教育の成果が存分に表れている。

頼もしささえ感じながら、カセロールは部屋の中を進み、スクヮーレの前で敬礼を見せた。

そして、おもむろに用件を切り出す。

「……息子から、急ぎの報せがありまして」

「ペイストリー殿から？」

スクヮーレにとって、ペイスは義理の兄弟だ。妻の実妹の旦那。半分ぐらいは身内の感覚である。

だからこそ普段連絡が必要な時は、直接のやり取りを行う。義理とは言え兄弟なのだから、別に誰かを間に挟んでやり取りする必要はない。

しかし、今日はカセロールを間に挟んだ報告だという。スクヮーレは訝《いぶか》しく感じたところで、カセロールに続きを促す。

「それで？」

青年の言葉に、軽く頷いて言葉を続ける男爵。

「実は、南部で大規模な害獣被害が発生しているらしいのです。国軍の出動を要請してきました」

「害獣被害？」

「ええ」

ますますもってスクヮーレの疑念は増えた。

そもそも、神王国では現代なら封建制と呼ばれるような政治体系をとっている。その本質は、相当な権利と義務を領地貴族に与える極端な地方分権。基本的に王家は地方政治には口を挟まない。

その土地の問題は、その土地の貴族が解決する。

害獣対策など特にその傾向が強い。

元々土地に対する執着の強い地方貴族は、自分の土地を自分で守るという感覚を持つ。基本的に農業が収入の多くを占める地方貴族では、農業の保護こそ優先すべき産業政策。

農業の敵は、まずもって害虫、疫病、そして災害。獣による農作物への被害は災害対応に当たる。害獣対応が出来ない領地貴族など、そもそも土地を治める資格が無い。

「その程度のことであれば、在地の諸軍に任せておけば良くはないですか？」

これが、他国の勢力が侵略してきたであるとか、天災によって一貴族では不可能な被害を被ったであるとか、争いによって復興不可能なほど荒らされたとかであるならば、中央の、それも国軍に連絡するのも分からないではない。

しかし、たかが獣が出た程度で国軍に連絡するというのは、あまりにおかしい。舐めておけば治るような、指をちょっと切った傷だけで医者を呼ぼうとするようなもの。早い話が大げさに過ぎる。

スクヮーレはそう考えた。

「……私もそう思っておりましたが、どうやら普通の害獣被害では無いようなのです」

「普通ではない？」

カセロールとしても、スクヮーレの反応は当然と受け取る。他ならぬ自分も、害獣被害が出ていると聞いて同じ思いを持ったからだ。たかが獣如きに国軍の出動を要請するなど、あまりに大げさすぎるのではないかと。

しかし、ペイスから伝えられた内容は、そんな軽いものでは無かったのだ。

「ええ。何でも、魔の森からあふれ出たとのことです」

「魔の森から⁉」

「はい。更に付け加えるならば、どれをとっても普通の獣に比べて数倍の体格をしているらしいです」

今回の害獣災害では、既に幾つかの領地で壊滅的な被害が出ているという。その原因は、魔の森からあふれ出た大量の獣。

数も物凄いわけだが、何よりも体躯が常の数倍という大きさなのが問題だ。

よく幼少期に犬に襲われたことがトラウマとなり、犬を怖がるようになる人が居る。人間として珍しい話では無いし、実際犬の牙で食いつかれれば怪我もするし、恐怖して当然のこと。その上で今回は、更に大きい犬や狼が居るというのだ。大人でもトラウマどころか悪夢になる。

害獣被害の深刻さが分かったのだろう。スクヮーレは真剣な顔になった。

「……それは危ないですね」

「ええ。しかも、数がとてつもないと」

「とてつもない？」

「少なく見ても千以上、下手をすれば万の数の害獣だということです。中には狼のように積極的に人を襲う猛獣も含まれているとか」

「それは大変です」

戦いにおいて、戦力は質と量の掛け算。質を見ても異常なほど危険な生き物が、溢れんばかりに発生した。これははっきりと脅威である。

アブラムシが万と居ようと人は脅威に感じない。しかしハチが万と居れば人は太刀打ち難いし、ハチに負けることもあり得る。ならば爪鋭く牙持つ獣が万と居れば、それは最早数十や数百の人が対抗しようとしても厳しい相手。

数に対抗するには、数で迎え撃つのが最良。まとまって動ける集団である、軍が出るしかない。軍の派遣要請は、敵の実情を知れば至極当然である。

「それと……先ほどスクヮーレ殿は在地の人間に任せておくと仰っていましたが、既に幾つかの領地で軍が壊滅しています」

「は？」

更に悪報は続く。

元々、一般人では対処できない事態に備えるために貴族は軍を持っているのだ。決して私利私欲のために暴力を使うわけでは無い。少なくとも建前上はそうなっている。

ならば地方の軍事作戦は地方貴族の兵が対処するのが正道。

勿論、最初は南部諸領の貴族たちも自分たちで対処しようと軍を動かしたのだ。しかし、その結果は無残なものだ。

「ルンスバッジ家以西の小領主たちはほぼ全滅。それ故ルンスバッジ家に乞われてボンビーノ家が援軍に。更にそのボンビーノ家に助力という形で、息子も出張っているようです」

「……ルンスバッジ男爵の所は無事ですか？」

「いえ。そこも相当に被害を受けていると。それ故、我々にも協力してほしいというのが、息子からの要請です」

カセロールが報告を受けた限りでは、幾つかの小貴族領は壊滅。文字通りの意味で獣に兵が殺されてしまった。領主家の人間の幾ばくかは逃げ出しているらしいが、一般庶民は逃げるのも遅れて相当数の死者を出している。

初期の封じ込めに失敗した害獣被害は拡散し、今では南部地域の北側一帯は獣の住処となってしまったらしい。

そこで動いたのがボンビーノ家。勿論義侠心《ぎきょうしん》もあるのだろうが、何よりも自分たちの領地を守るために動いたと見るべきだろう。ボンビーノ領に被害が波及してから動けば、他家の援軍を頼む際もボンビーノ家の為にと頼み込むことになる。今なら、ルンスバッジ家に恩を着せる形で援軍も募れるし、請求書も送り付けられるという寸法。

戦うならば他人の土地で。名分を作るなら恩を着せる形で。費用を支出するなら他人の財布から。実に強《したた》かな発想だ。

どこまで計算尽くかは別にして、カセロールなどは義理の息子に頼もしささえ覚える。

そのうえで、ペイスからの協力要請。

あの息子が無駄な連絡をしてくるはずがない。ここは、中央軍が出るべきだということなのだろう。

「協力？」

「獣を南から北に追いやるから、我々に対応してほしいと」

「無視は出来ませんね」

「ええ。政治問題に発展しかねません」

スクヮーレが政治問題と言ったのは、先のカドレチェク公爵、つまりはスクヮーレの祖父の行った軍制改革のこと。

元々国軍は地方の安定と外敵への備えを名目とし、地方貴族の統制と監視の為にある。特に地方に配置してある国軍部隊はその傾向が強い。しかし先の大戦より二十余年、地方貴族の中でも面と向かって王家に反旗を翻すような勢力は既に無くなった。その為、東西南北と中央に分けられていた国軍を統廃合し、より中央軍の力を強化する改革が行われたのだ。

この改革の旗振り役だったのがカドレチェク家。建前としては効率的な組織を作る為、本音は地方軍閥の弱体化、裏にはカドレチェク家の権力伸長という目的を持った改革であったことから、未だに隠れた反対勢力は多い。

この改革で最も軍備を減らされたのが南部の国軍。南部筆頭のレーテシュ家を他の南部貴族で牽《けん》制《せい》するようにし、国軍そのものの戦力は中央軍に編入するようにしたのだ。

そして今、国の南部で大きな混乱が起きている。ここで中央軍が傍観する、或いはそのままレーテシュ家などが出張るとなれば、南部軍を無くした前カドレチェク公爵の改革は間違っていたのだとされるだろう。それはそのまま、現カドレチェク公爵の影響力低下や、スクヮーレの地位陥落という事態に繋がりかねない。

元々が、機動的かつ強力な中央軍を持つことで、より柔軟な運用を目指したのが先の改革。ならばここで南部の領地貴族だけでは手に余る事態を、中央軍が解決することが目に見える成果となる。

ペイスが知らせてきたのも、そのあたりの政治的配慮があったのだろうとカセロールとスクヮーレは推察した。両者とも、あのお菓子狂が、その程度の見識を持っていないはずがないと知っているのだ。

「では、第二と第三、念のために第四まで動かしましょう。第五と第六は西部、第七と第八は中央の、魔の森境界に向かわせます」

ことが魔の森での害獣被害となれば、南部だけの問題とは限らない。むしろそれを名目にして、魔の森周辺の各所に、中央軍を派遣したという実績を作る。スクヮーレは決断した。害獣被害が報告されていない地方は反発も予想されるが、それでも機動的な対応を見せつける意義の方が大きい。

「ほぼ全軍ですが、よろしいのですか？」

「ペイストリー殿がわざわざ連絡してきたことに疑いの余地は無いでしょうし、連絡してきた以上は余程の事態ということ。我々が動くのは当然であり、動く時は一気に、そして全力でやるべきでしょう。命令は、私から父に頼んで出してもらいます」

「はい」

「モルテールン卿は、今すぐ準備を始めてください」

「承知しました」

指示を受けたカセロールの動きは迅速だった。

◇◇◇◇◇

神王国南部と中央部の境目。そこは川が流れている。ラ＝プーサン＝コロネンダ。古語で大きな川を意味し、単に境の川とも呼ばれたりもするが、通称はプーサン川だ。

自然によって引かれた線をもって土地と土地の区切りとするのは古今東西でみられるもの。川や山の稜線《りょうせん》、海岸線や森林などがよくある境界線だ。

このプーサン川も古来境界線として使われてきた。古くは神王国と他国との境界線でもあったことから、自然とこの川の北を神王国の〝本土〟とし、南側を〝新領土〟としてきた歴史があり、今ではそれが中央と南部という区分に置き換わっている。

その川の南側。川の目視はなんとか出来るが、キロ単位で相当に離れている場所に、カセロール＝ミル＝モルテールン第二大隊長は立っていた。

「大隊長!!」

カセロールの名前を呼んだのは、斥候に出していた兵士。馬に乗れる準騎士の身分であり、第二大隊所属の騎士の部下でもある。

中央軍の所属は基本的に貴族。或いはそれに準じる立場の人間だ。少なくとも馬に乗れない人間は国軍の精鋭部隊に所属できない。しかし、今回のような動員が掛かれば、貴族の人間は当然自分の部下を連れて参陣する。

馬に乗るもののみで構成された軍が最も優れているのは、機動性と索敵範囲の広さ。徒歩《かち》ではありえない速度で移動し、馬に跨《またが》ることで人よりも高い視点を持ち、短い時間でも広範囲を移動して索敵が出来るのは、騎馬部隊ならではの特徴だ。

大隊を率いるカセロールとしても、国軍精鋭部隊の強みを活かさない手は無いわけで、日頃よりも多くの斥候を放っていた。

その一人が、予定していた〝害獣の群れ〟を発見したと知らせてきたわけで、いよいよもって戦いの匂いが色濃く漂ってくる。

「来たか」

軽く頷くことで部下を労《ねぎら》うカセロール。

先んじて連絡があった通りの場所で、予定通りの敵と、スケジュール通りに接敵する。軍事行動という観点ならば満点の状況にある。

「流石はペイスだな。仕事はきっちりこなす」

カセロールが息子の出来の良さに改めて感心したのを、傍に居た部下が拾い上げる。

「大隊長、また親馬鹿ですか」

「セミヒオ副隊長。私は事実を述べている。うちの息子は、国内屈指の名将であり、世界でも指折りの天才だ。正直、才能の底が見えない。生まれついての鬼才というなら、我が息子のことを指すだろう」

カセロールが、ペイスを評す。どこまで行っても親馬鹿が二乗も三乗もされたような発言であるが、カセロールはこれでも控えめな謙遜をしている。

本当は世界一の天才ではないかとさえ感じているのだが、遠慮と謙譲の精神から指折りという〝程度〟に留めた。実に自制の利いた、控えめな発言であるとカセロールは自負する。

この発言、ペイスを知らない人間が聞けば、どう聞いても親馬鹿でしかない。馬鹿の底が抜けたような大馬鹿の親馬鹿である。

もっとも、こんな発言はいつものことであるので、副隊長は聞き流すことに徹する。

「はぁ。それで、その天才の仕事の結果があれですか」

「そうだな。軽く五千は居るぞ」

「凄いですね」

第二大隊諸氏の眼前に居るのは、ペイスたちの連合軍に追われて逃げてきた獣たち。統制こそ取れていないものの、見渡す限りを埋め尽くす巨体の数々は圧巻である。

「まずはここで食い止める!!」

事前に工作班によって築かれた簡易のバリケード。そして大急ぎで掘らせた、申し訳程度の空堀。特徴的なのは、バリケードも堀も、全部が全部繋がっているわけでは無いということ。ところどころに隙間が空いていて、防衛陣地としては堅いとは言い難い。

何故こんな中途半端な防備になっているかといえば、それは第二大隊の任務が特殊だからだ。

しばらくの間、害獣とやりあっていた大隊が、さほどもしないうちにずるずると下がり始めた。

「よし、頃合いだ。全軍第二防衛線まで移動!!」

「了解!!　全軍第二防衛線まで移動!!」

第二大隊の行う任務は、一に害獣たちの歩みと勢いを止めること。二に時間を稼ぐこと。そして三に害獣を〝適度に纏める〟こと。

害獣の勢いを止めるというのは単純だ。獣と闘う時、何十キロ何百キロもある重さの肉の塊と、正面切ってぶつかるのは馬鹿がやることであり、出来ればじっと動かないでいてほしい。しかし、そうは言っても追われてくる獣。逃げるために走るものの方が多い。そこで、まずはこの勢いづいた足を止めねばならない。獣の群れをコントロールするにも、運動エネルギーを浪費させ、脅威を低減させておく方が何をやるにもやりやすい。

そして、時間稼ぎも大事だ。カセロールが率先して危険な最前線にいるまさにその時、プーサン川の方ではせっせと工作人員が土木作業を行っている。土塁を作り、堀を掘って、更には水を溜めつつ獣の誘導路を用意し、狭隘《きょうあい》な場所を人工的に作ってはそこに柵や杭を打ち込む。

早い話、陣地を作っているのだ。明らかに人間以上にパワーのある相手。出来るだけ安全にかつ効率的に倒せるよう、地の利を作り出そうと奮闘している。やっているのは、第二とは違う他の隊の連中だ。彼らが安心して、そして確実に陣地を構築できるよう、カセロールたちは精いっぱいの時間稼ぎを行う必要があるのだ。最低でも二時間、出来れば半日程度の時間が欲しいと、事前に言われている。勿論、時間は有れば有るだけ良いが、最低でも数時間は稼がねば、不十分な陣地で戦う羽目になり、結局のところ全体の被害が増えるのだ。

そして、難しいのが獣を纏めること。本来、戦いというものは敵をばらけさせた方が良い。敵を分散させ、自分たちは集中して戦うというのは戦いにおけるいろは。初歩の戦術論である。

しかし、物事には例外と応用がある。今回のように相手取るのが害獣の場合、ばらけてしまうと、最悪の場合害獣被害を拡散することに繋がってしまう。目的と手段を取り違えてはいけない。今回の作戦目的は害獣被害の撲滅であって、害獣と戦うのはその手段の一つでしかないのだ。仮にこの場で害獣の群れ相手に被害少なく勝てたとしても、それで害獣被害が収束しなければ徒労である。出来る限り速やかに害獣被害を抑え込む。その為には、可能な限り〝まとまって〟駆除できることが望ましい。戦いが難しくならない程度にばらけ、それでいて周囲に散らない程度にまとめる。実に難しい匙加減が必要なわけだが、それが出来るからこそ精鋭は精鋭と呼ばれる。

カセロールの意見は、第二大隊含め国軍の統一意見だ。

それなりに長い時間、害獣と戦いながらも、散らないように馬を走らせる第二大隊。流石に疲労と被害が蓄積してきたと感じたところで、カセロールは隊を北に移動させる。

あくまで害獣の群れをばらけさせないように、既に出来ているであろう友軍の陣地への転身だ。

しかし、幾ら精鋭といえども、背中を見せる後退中は、無防備にならざるを得ない。

周囲を走り回っていた一騎が、狼に囲まれて孤立する。大型バイクか、或いは乗用車ほどもある狼の群れ。襲い掛かった狼がいたことで馬が負傷し、投げ出されてしまう。

ぐるると呻《うめ》きながら、そして大きな爪を振り回して、或いは鋭い牙をもって襲い来る獣《けだもの》。猛獣の力は凄まじく、軽く掠《かす》ったようなものでも人頭大の鉄球をぶつけられるような衝撃が襲い、体勢は崩れる。今にも一騎、鍛えに鍛えた筋肉が、無残な肉の塊となり果てる。

そう思われた時だ。

「ドゥーン!!　今助ける!!」

騎士の名を叫びながら、いきなり狼と騎士の間に割り込んだ存在があった。カセロールだ。

魔法使いはそのまま怪我をした騎士を掴むと、【瞬間移動】で狼の群れから脱出する。

「ありがとうございます閣下」

「礼はいいから行け」

馬が潰されたために走りとなるが、それでも走れるだけましと一目散。

やがて、第二大隊の面々は急ごしらえで作られた陣地にたどり着く。適当なバリケードの中まで転がり込めば、とりあえずは無事が確保されたと言えるだろう。

「被害は？」

「死亡十一、負傷六十二」

部下の報告に、顔を顰《しか》めるカセロール。

減った数は何千という中の十程度。百にも満たない被害。数字だけを見るならばまずまずの成果であるが、この数は、自分たちの部隊の死者の数だ。決して軽んじていい数ではない。

「ふむ、獣風情にずいぶんとやられたな」

「閣下」

陣地の中から、他の兵士よりもひと際目立つ人物が現れる。第三大隊の隊長だ。伯爵家の当主であり、生粋の軍人。年は二十五、六と若い。背も高く、見目麗しい御曹子のような見た目でありながら、右耳の中ほどが裂けていることで只者《ただもの》ならぬ雰囲気があった。

彼の言葉に対し、死者を侮辱したとも、或いは敵を侮っているとも取れる発言があったことに、周りの部下から自制を求める声が発せられる。

伯爵は、勿論部下の声に交じった批判の意味を悟り、それでも居住まいを正そうとしない。

「勘違いするな。舐めているわけでもないし、侮辱するつもりもない。ただ単に想定以上の被害が出ている事実を述べたまでだ」

「……はっ」

スクワーレを介し、カドレチェク大将から正式に出動命令が有って以降、第三の隊長は、自分が〝害獣退治〟に駆り出されることに対して不満を持っていた。誇りある国軍の精鋭部隊が、何が悲しくて畜生風情に剣を振るわねばならないのかと。

だからこその心情の吐露ではあったが、かといって彼は仕事に手を抜くことは無い。

「第二の精強さは私も知っている。それがこの被害。舐めてかかると、大きな被害が出るぞ」

それ故、第三大隊長は部下に注意を促す。

そしてそのまま、カセロールを連れて陣地の中に進む。もう一人のお偉いさんと意見調整をするためだ。

「おお、モルテールン卿」

「部下の受け入れ、お手数をおかけしました」

陣地の奥、大きめのテントの中には、中年の男が居た。それなりに豪奢《ごうしゃ》な鎧を身にまとう、短髪の男だ。

第四大隊の隊長を務める男であり、これで第二から第四までの大隊長が三人、全員そろったことになる。

「何の。卿が殿を務めてくれたおかげで、楽なものだった。それで、残りはどれぐらいかな?」

「まだ八千は居るでしょう。何より気が立っているものが多く、その上統制もない為散開しがちです」

「むしろ、よくここまで集団で来たものだ」

尋常でない獣の集団相手、最初にどれほど居たのかさえ分からないが、第二大隊だけで百や二百は倒したはずだ。数千人が頑張ってそれだけだ。馬車ほどもある狼や、同じぐらい巨大な熊、蹄《ひづめ》で人を踏み殺せる大鹿、馬並みの大きさなのに俊敏さが変わらない山猫や貂《テン》。どれをとっても、人間が一人で相手取るものではない。人の強みたる集団戦でもって、五十人程度で一匹を相手にしつつ、戦っていた。

ある程度は散らぬようにと気遣いはしたものの、それでも結構な数が散っている。特に小さめの草食動物はあえて見逃した節もあった。下手に相手取って反撃されるよりマシという判断だろう。

どれほど散ったかは分からないが、それでも残った数はまだまだ膨大。埋め尽くすと表現していいほどには犇《ひし》めいている。

「我が息子の働きによるものでしょう。私ではこうはいきません」

「……何にせよ、一番厄介なのはこのまま散開し続け、各地に散逸してしまうのが拙いと思うが」

「同感です。たとえ一頭でも、戦う術《すべ》のない民では手に負えぬでしょう」

カセロールの親馬鹿は既に周知のことと流され、重要な内容を話し合う。

今、国軍が為すべきは害獣被害の早期収束。その為の手段を検討することだ。

「ならばやることは単純だ。囲みに誘因し、退路を断ち、殲滅する。事前の作戦通りだな」

「第四が、既に手配を？」

「勿論だ。ここところ、更にこの一帯にこう。それなりに十分な広さの囲みが出来ている」

流石に手配が早い。カセロールたちが稼いだ時間を使いつつ、或いは常日頃からの事前準備がものを言い、既に必殺の領域が完成しているという。柵や堀、或いは川や自然の地形などを利用して、囲い罠が完成済みだと第四大隊長は胸を張った。万の人間による超突貫工事だ。

「あとは、どのように引き込むか」

「餌では釣れぬか？」

「興奮しているものも多く、獣同士で襲いあっているものも出ています。我々が倒したものを食い漁っているものもありました故、効果は薄いかと」

獣たちは、別にお互いが連携しているわけでは無い。常から群れで暮らしているもの同士ならば話は別だが、基本的にそれぞれがスタンドプレーで行動している。

それ故、獣同士で襲いあっている場面もちょくちょく見られた。大型肉食獣が草食獣を襲う。或いはそのおこぼれを小型肉食獣が食らう。肉食獣同士で襲いあうこともあった。

今現在も、逃げ道を突貫陣地に阻まれた獣たちは、ある種の共食いを始めている。

このままでも、勝手に数を減らす。そう思いたいところだが、放置していればいずれ獣は四散する。そうなっては、虱潰《しらみつぶ》しで国軍のリソースが潰されるし、被害の拡散は避けられない。早期収束とは真逆の結果となり、国軍による軍事作戦としては大失敗である。

「……ならば、アレの出番か」

アレ、と呼んだことで、一種の緊張が走った。大隊長たちには、それで通じる〝秘密兵器〟だ。

「よろしいので？　包囲後の方が活かせると思いますが」

「そもそも包囲できなければ宝の持ち腐れだ。所詮は畜生。多少手ごわくとも、囲んでしまえば後は何とでも出来るが、正面切って一頭ずつ、虱潰しに戦う方が恐ろしい」

「ごもっとも」

大隊長同士、頷きあう。

「ではご登場願うとするか……獄炎の魔法使いに」

彼らは、〝国軍所属の魔法使い〟という〝切り札〟を切ることにした。


天を焦がす炎の絨毯《じゅうたん》が広がる。

一面が焦げ野原というべきなのだろうか。焼け野原の上位互換となり下がった平野に、数えきれないほどの焼死体が転がっている。

血肉と臓物の焼ける臭いが、火に煽られた風によって鼻をつく。眼下に広がるは、さながら煉獄《れんごく》のような有様である。

「おお」

誰のつぶやきであったのか。

化け物とも呼ぶべき巨躯の獣たちを、一斉に焼き殺していく光景を見て、驚きとも畏怖とも、或いは恐怖とも取れる声があがる。

「あれが獄炎の由来ですか」

「左様。国軍が抱える切り札の一つだ」

第四大隊長が、自慢げに胸を張った。

かの煉獄の異名は元々再編前の第四大隊が行った作戦で、初陣となった魔法使いに与えられたもの。以来、獄炎の魔法使いは第四大隊お抱えのような扱いになっており、早い話が〝第四大隊の備品〟なのだ。国軍には多くの魔法使いが所属しているが、全員が全員戦いの場に向いているとは限らない。後方支援に向いた魔法使いも居れば、そもそも戦闘にはからっきし向かない魔法使いも居る。勿論魔法はどんなものでも使い方次第ではあるが、例えば嘘を発見するような魔法使いでどうやって戦争するのかという話だ。

「よく動かせましたね」

「第一大隊長様様だろう。面倒な根回しを引き受けてくれたのだから」

魔法使いは、殆どの場合で切り札的存在。故に、いざという時使い物にならない、などということが無いよう、厳格に管理される。

国軍の魔法使いを動かす場合、その裁量権は軍の上層部にある。カドレチェク大将を筆頭とする数人の幹部がうんと言わなければ、勝手に動かせないのだ。

今回の害獣討伐。ことは一刻を争うと判断されたため、魔法使いの連れ出しに関して、必要な手続きの一切を事後報告のようにした。

それが可能だったのは、カドレチェク家の御曹司たるスクヮーレが責任を持ったうえでゴーサインを出したから。面倒な手続きや、上層部への説明の一切を引き受けてくれたのだ。

その手の折衝が苦手なカセロールなどは、実に有難がっている。

「第一は王都から動かせませんからね。ご自身で裏方をやるとおっしゃった」

「いや、若いのに大したものだ。あの年頃なら、手柄に逸《はや》りそうなものだが」

第一大隊長たるスクヮーレはまだ若い。学校を卒業して数年。本来であれば下働きで修行を積んでいてもおかしくない。それだけに、高位貴族の常としての大抜擢を受けた場合、功に焦る可能性は示唆されていた。

実はカセロールは、それを防ぐストッパーの役目ももっている。義理とはいえ父にもあたる人物に言われれば、また他に類無き英名を持つ偉人であれば、仮にスクヮーレが拙い判断をし、独断専行で動こうとした時でも、聞く耳を残しているだろうとの判断。

他にも政治的な思惑は多々あれ、カセロールとしてもスクヮーレが冷静な判断を持ち、縁の下の力仕事を厭《いと》わない性格なのは大変に好ましい。

「教育が行き届いているのでしょう。流石は公爵家ご令息ですな」

「しがない貧乏所帯の我が家では望むべくもないか」

「貧乏所帯というならうちも同じですよ」

隊長同士がはははと笑う。既に戦況も安定し始めた為、カセロールとしても軽口が叩ける。

「何を言うか。モルテールン家は近年とてつもなく羽振りが良いではないか。正直、羨ましくもある」

「全て息子のおかげですな」

我が息子は余人に代えがたい才能を持っており、千年に一人と言っても過言ではない英才であり、一人の武人としての将来も明るいことながら、領主としての力量も既に自分を超えておりうんたらかんたらなんたらかんたら。

カセロールの息子自慢は、始まると止まらない。

「……お、小物は片付いたようだぞ」

第四大隊長は、最早九割がたカセロールの話を聞き流していたが、戦況が動いたことで目を戦場に向けた。

「あれは……大きいですな」

「ちょっとした山だな」

囲い込み、火で焼き尽くし、それでも尚残る残党。それは、例外なく強敵である。

案の定、カセロールたちの目についたのは大きな虎のような生き物だった。虎と判じがたいのは、毛皮の模様が焼け焦げてしまっており、黒一色になっている為。それ故、見た目だけなら黒い豹《ヒョウ》か何かのようにも見える。

そして、ただでさえ大きい獣たちの集団でも、更に輪をかけて大きい体つきが、最早普通の虎とも豹とも分からない困惑を生み出す。

「どうします?」

「まずは手堅く遠くから弓といこう」

「総員、弓構え!!　射《う》て!!」

巨大な敵相手に、しかも手負いとなれば、まずやることは遠くからの攻撃。

これで倒れてくれればと、兵士たちも手に手に弓矢を構えて号令と共に射ちまくる。

「ずいぶんと面の皮が分厚いらしい。あまり効いていないな」

「腹も相当に分厚いようで」

「良いものをたらふく食っているのだろうな。さぞや脂がのっていることだろう」

しかし、大隊長たちの願いもむなしく、虎モドキは弓矢が刺さっても平気な様子だった。矢が刺さるだけましなのだろうが、恐らく相当に分厚い皮膚をしているのだろう。そうでなければ、一面を焼き尽くし火の海で生き残ったりはしない。

「……なら、もう一度火を？」

「獄炎の魔法使いは魔力切れで倒れている。そもそもあれは広域殲滅の切り札であって、一対一の戦いには向かんよ」

「ほう」

魔法も、万能ではない。個人の能力に強く依存する魔法において、共通にして最大の欠点は「魔力切れには対処不可能」という点だ。どれほど強力であろうと、或いは便利であろうと、必ず連続使用には回数制限が付く。

獄炎の魔法使いも、その威力が絶大であるがゆえに、一回使えば数日間は魔力が枯渇する。

第一、広い範囲を焼き尽くすのならば炎は効果的であるが、矢を受けても平気な肉食獣の上っ面を焼いたところで、脅威の排除になるだろうか。火傷《やけど》を拵《こしら》えたところで、人が食い殺されるだけの牙と爪が残っていれば意味が無い。

ならばどうするか。

「一対一に最も向いている魔法使いの切り札は……分かるかね？」

「私でしょうな」

一対一の、それも大物専用ともいえる魔法が有るとするなら。敵の認識外から一気に急所を攻めることが出来る【瞬間移動】は最適だろう。

カセロールとて、伊達に二つ名を持ってはいない。

「然り然り。こういう時の為の〝首狩り〟であると私は思うよ」

「なら、早速」

いうが早いか、獣の首元まで一瞬で飛んだカセロールは、そのまま剣を振り下ろす。

「ちっ、硬い!!」

ゴン、という鈍い音。動物を切りつけたとはとても思えない音がした。

カセロールは、大木に剣を斬りつけた時のような微妙な手ごたえを感じる。まな板を包丁で切りつけたような、鈍さ。切れなかったわけでは無いだろうが、明らかにダメージは少ない。

更に悪いことは続く。虎が脱兎《だっと》のごとく逃げ出したのだ。

「そっちに行ったぞ!!」

肺に悪そうな煙の充満する中、一頭の虎が駆ける。

体中に黒い焦げ跡がつき、首筋からは赤いものが流れてはいるものの、力強さを感じさせる走り。

場所がそこいらの山であれば、さぞや名のある主となれたであろう巨躯が、人の全力疾走よりも早い速さで駆け巡るのだ。正面衝突は即お陀仏《だぶつ》の危険暴走である。

「逃げ足の速さは褒めてやるが、逃がすわけにもいかんのだよ」

しかし、そんな走る凶器も足を止めざるをえないものにぶつかる。頑丈な柵と、突き出た尖杭だ。一抱えもありそうな丸太を尖《とが》らせ、斜め上に切っ先を向けるようにして固定された杭。そして頑丈な柵で阻まれれば、巨大な虎とて突撃を躊躇《ちゅうちょ》する。

そして、そんな虎の足が止まるのを狙いすまして動いた男がいる。

第二大隊長のカセロールだ。

突然現れたその男は、瞬きするほどの刹那で剣を振るい、分厚い肉と脂肪の鎧を傷つけ、ついでとばかりに虎の足を切りつける。

大虎が、あまりの痛さに苦しみ、暴れる頃には、既にカセロールはその場にいない。魔法で逃げているからだ。

実に見事なヒットアンドアウェイにより、じわりじわりと足を崩していくカセロール。

「そら、一本目!!」

三度ほど同じ行動を繰り返し、いよいよ虎が見境なく暴れ出したところで、虎の足が飛んだ。足だけが、綺麗に切り飛ばされて、立派な切り落とし肉に成り下がった。

「もう一本!!」

三本足になったことで、明らかに動きがおかしくなった虎。歯をむき出しにしたまま唸り声をあげ、近づくものを道連れにしようともがいているが、そのような動きに惑わされる軍人はこの場に居ない。

「そこだ!!」

疲れたのか、或いは出血のせいか。動きが弱ったところで、カセロールが虎の喉元を切り裂いた。

そして、そのまま心の臓めがけてずぶりとやる。

これだけやれば、流石に大虎も息絶えた。

「やった!!」

「流石モルテールン隊長!!」

部下たちが、喝采する。

伊達に首狩りと恐れられているわけでは無いのだ。我らが大隊長は、化け物のような獣相手でも無敵であると、皆が皆頼もしさを感じた。

「大隊長、あそこにもまだ」

「あれは他の連中に任せよう。私の魔力も無限ではない」

「分かりました」

「しかし……こうしてみてもやはり凄まじいな」

カセロールは、改めて周囲を見渡した。もうすでに目ぼしいものは始末し終えたはずだという確認も込めて。

その目に映るのは、ただただ黒く染まった大地。

「魔法使いってのは、異常だな」

「貴方がそれを言いますか」

カセロールのつぶやきを拾ったのは、副官のセミヒオ＝タピアだった。

魔法使いが普通の人間では不可能な、人知を超えた力を発揮することは今更な話。魔法一つで成り上がったのがカセロールなのだ。出鱈目さを言い出すなら、カセロールこそ第一人者ともいえる。

まさに、お前が言うな、である。

しかし、目の前の光景が異常であるという点では同感だ。

目の前の光景を作ったのは獄炎と異名を持つ魔法使い。カセロールの【瞬間移動】が奇襲性に富んでいるとするならば、獄炎の魔法使いが持つ【発火】の魔法は、広域殲滅特化。戦争に向いている。

カセロールの魔法は普段でも大いに利用価値のある汎用性の高い魔法であるが、獄炎の魔法使いが使う魔法は、戦場での利用に特化したような魔法だ。効果は単純にして強力。目にした場所の好きなところで、火を熾《お》こせるというもの。それも、人の背丈ほどまであるような火から、踝《くるぶし》程度までのささやかな火まで。魔力次第では火力調整もお手の物。

しかも、何でも燃やせる。勿論可燃物の方が燃やしやすくはあるが、燃えるものであるという認識を持てるものであれば、何でも燃やせる。

勿論知られていない制約はあるだろうが、獄炎という異名は、その火が熾きる範囲を魔法使いが調整できるというところからきている。

魔力が尽きぬ限りという条件はあるものの、理論上は目につく範囲で何処までも広く燃やせるのだ。

カセロールたち以外の隊によって準備されていた〝囲い込み罠〟の本領は、ここにある。見晴らしのいい場所に、可燃物をたんまり敷き詰め、そこに敵を追い込んだうえで逃げ道をふさぎ、出来上がるのは広大な平原でのバーベキューだ。

元々の作戦では、これで害獣を全滅させるはずだった。

しかし、害獣の規模が想定よりも大きく、しかも一頭一頭が馬鹿みたいにデカくて危険ということから、囲い込みに追い込むところから獄炎の出番となったのだ。

当初の予定外の作戦行動をとった結果、残敵がそれなりに出てしまい、カセロールを始めとする面々で、結局は一頭一頭虱潰しにやる羽目になったわけだ。

「目ぼしい大物は片付きましたか」

「能動的に襲ってくるものは、という条件だがな」

積極的に人を襲ってくる獣は片付いた。

しかし、だからと言って終わりではない。むしろ、ここからが厄介なのだ。

「総員、掃討戦に移る。早速処理に掛かれ!!」

人を見れば逃げる獣。焼ききれなかったそれは、既に囲みの中から逃げ出そうと駆け回っている。火に堪えうる頑丈さを持ちながら、人から逃げようとするもの。こういった手合いは、逃がしてしまえばとにかく捕捉だけでも困難になってしまう。

是が非でも、ここで仕留めておかねばならない。

「戦いというのは、後始末が大変だな」

「何事も片付けが面倒くさいのは変わらないことかと」

戦いは、終わってからも大変である。

散らかったものを片付けることの面倒くささは、何とも言い難い。しかも、怠けるとついうっかり死んでしまうかもしれない後片付けなど、辟易としてしまう。

「違いない。しかし、卿はまた一つ勲章が増えるのではないか？」

「は？」

「あれほどの大物を倒したのだ。それ相応に誇ってよいことだろう」

「いやいや、あの程度では」

カセロールが倒したのは、大きなネコ科動物だった。恐らく虎であろうと思われるそれは、今は巨大な肉の塊となり果てている。

世が世なら、この一体だけでも国軍が出張ってもおかしくないだけの脅威であったし、そこら辺の兵士であれば束になっても敵《かな》うまい。

カセロールの手柄は、害獣討伐の大作戦の中では小さなものに見えるかもしれないが、単体を切り取ってみれば相当に素晴らしい功績である。

「……小山ほどもあろうかという化け物を倒してあの程度か。さて、卿でも驚くような化け物が居たらどうなることか」

「はは、そのようなものが居たら、逃げますな。私は逃げるのが滅法得意なのですよ」

【瞬間移動】でしか逃げられない相手が出たとするなら。それは正しく化け物と呼ぶ。

不死身でもないカセロールとしては、そんな化け物が居たとしても相手にするのは御免被るところ。

「羨ましいことだな。では、そんな〝怪物〟が現れないことを祈っておくとするか」

大隊長同士、あり得ない仮定の話で盛り上がっていた。


国王は、部下の報告に頷く。

「ふむ、なるほど」

「害獣被害といえど、かなりの被害が出ていると。国軍が出ていなければ、被害は天文学的なものとなっていたはずです」

「その点、迅速に対応できた点は評価すべきだな」

「は」

最初、国軍から報告が上がってきた時は、色々と裏を疑った。

経験が浅く目立った功績も無いカドレチェク家の御曹司に、手柄をたてさせるために針小棒大な報告をしている、と言い張る者も居た。

しかし、終わってみればその被害と規模は想像をはるかに超える。

「即応性と機動性によって国軍の効率化を図り中央の権勢を高める。カドレチェク前大将の置き土産か」

「今回は、それが効率的に働いたと」

今回の害獣被害。中央に波及する前に対応し、南部の一部のみで被害を抑え込めたのは、偏《ひとえ》に指揮系統が明確化していて、迅速に対応できたからだ。ここ最近行ってきた軍制改革がうまく機能した結果ともいえる。

「しかし、その裏にはまたしてもモルテールンの小倅《こせがれ》が居たと」

「……はい」

補佐官は、しぶしぶ頷いた。

組織をスリム化して無駄を省き、迅速に対応するための改革をしていたのだ。それが上手くいったのは喜ばしいことだが、上手く動かした人間が組織外の人間というなら評価は難しい。

「中央軍の迅速な行動には、正確で素早い情報伝達が必須、か。見事な見識だ」

「ご評価頂き光栄です」

それ故、軍からの報告での総評には、今後行うべき対応も明記されていた。

素早く動ける大駒を作ったのなら、それを活かすためには良く聞こえる耳が要ると。

「現状、情報伝達の専門部署など存在しない。カドレチェクはカセロールの奴がそれも担うことを期待していたのだろうが、現状ではいささか特定の人間に負担が重すぎるな」

「はい」

「今後の課題として、検討させておけ」

「分かりました」

組織を効率化して、結果として属人的なものが出来てしまえば、いずれは機能不全に陥る。今上手く動いているところであっても、改善の努力は怠るべきではない。

国王は、組織のトップとして部下に更なる改革の指示を出した。

「しかし、これについてはどうするか……」

害獣被害の対策と、中央軍の改善は片が付いた。

しかし、問題は別にある。

害獣被害が起きたことに伴い、至急として届けられた報告。極秘とされるその資料。本来であれば目を疑う内容が記されている。

「ドラゴン、ですか」

「まさか……そう、まさかの事態だな。龍の出現自体が国家創建以来の珍事だというのに、よりによって討伐を成功させただと？」

「事が事だけに現在、関係各所に確認を取っていますが、龍の巨体は隠せるものではありません。早々に国中へ噂が広まるでしょう」

神王国において、龍の存在は特別だ。王家を始め幾つかの高位貴族家の紋章に龍があしらわれているように、建国の歴史からして龍を撃退して土地を守ったことが始まりとされている。

つまりは、龍を退けられる力こそ、王家の正当性ともいえるのだ。強大で絶望的な害悪に対して、対抗できる実力を持つもの。それこそ、人々を守り、統治する責任と権利がある。

神王国において、王家が君臨するための理屈だ。

「頭が痛くなるな。今度こそ、王都で凱旋式典《パレード》をやらねばならん」

「左様で」

まさか、龍を倒した者が居て、そのまま放置ということはあり得ない。歴史的な偉業だ。英雄の、そして英雄を抱える王家の力を誇示する意味でも、大々的な披露は避けられないところだ。

「手の空いている外務官に俺の親書を持たせろ。正式に賓客として王都に迎える。その為の準備は……内務尚書に任せるか？」

「典礼の部署では不満ですか？」

「予算を動かすのにいちいち上のお伺いを立てる余裕があるのか？　この件に関しては他所に囲われる前に王家で囲ってしまう必要がある。速さが重要だ」

「かしこまりました」

龍を倒した英雄の誕生。

これは、百年に一度の大ニュースである。蠢く人間は、さぞや多かろう。

神のご加護の有ったればこそと謳うであろう宗教勢力。宗教的なシンボルに祭り上げられれば、下手をすれば国王以上に影響力を持つかもしれない。新興宗教であっても、一気に一大宗教へと成長する可能性がある。伝説に聞く龍の登場と、有史以来初めての龍討伐。新たな神話の創設も容易いことだろう。

或いは、龍以上の脅威の誕生として引き抜きを本格化させるであろう外国勢力。姫君をダース単位で与えてでも引き抜こうとするだろうし、龍殺しの英雄ともなれば王族に迎えるのにも苦労はしない。望むものは何を与えてでも神王国から引く抜こうとするに違いない。それだけの価値がある。

何にしたところで、可能な限り素早く、そして出来るだけ大規模に、龍殺しの英雄が神王国王家の元に居るとアピールせねばなるまい。

「よりにもよってドラゴンか。これはまたひと騒動ありそうだな」

チョコレートの甘さを口に残しつつ。

国王の不穏な予測は、多くの者の確信に繋がっていった。

あとがき

はじめに、この本を手に取っていただいた読者の皆様、並びに関係各位に深くお礼申し上げます。十五巻という冊数を重ね、改めて多くの人の支えがあってこそ、ここまでこれたのだと実感しています。ありがとうございます。

毎度毎度、小説を書く時よりもあとがきを書く時の方が頭を使って悩んでいる気がしますが、何を書いていいものやら。

このあとがきを書いているとき。新型コロナウィルスによる肺炎の流行が一番世の中を騒がしているニュースです。

本が出る時はどうなっているかは分かりませんが、作家も体が資本なところがあるので、気を付けたいと思っている今日この頃。

さて、この十五巻について。

語るべきは何をおいてもドラゴンでしょう。

元々、魔の森からドラゴンが出てくる、というお話は執筆当初から用意していたお話です。

父親のカセロールの台詞や、幼馴染の会話、或いは紋章など。細かい所で幾つもドラゴンの存在は匂わせていた。はずです。お手元に過去の巻が有れば、読み返してみてください。

ファンタジー独特の敵が中々出てこないせいもあり「ドラゴンとか居ないの？」みたいな感想をいただくこともありました。

それについて、答えが出せたかなと思います。ドラゴンは居ます。

十五巻まで引っ張ってしまった理由というのは、まあチョコの時と同じく、出した時のインパクトが大きすぎるからですね。

これからは、ペイスの肩書に「龍殺し」が付くようになる。誰がどう考えても、厄介ごとの匂いがしてきます。

古来より、ファンタジーの伝統として、ドラゴンスレイヤーの肩書はトラブルの元とされているのです。誰がどう言おうと、私はそう定義づけました。多分一億年ぐらい前から決まっていた気がします。


という訳で、次巻以降。今まで父親の陰に隠れてこそこそやっていたペイスが、とうとう隠れきれずに表舞台に引っ張り出されることになるでしょう。

さてどうなることか。乞うご期待。これからも引き続き、おかしな転生を宜しくお願いいたします。

令和二年二月吉日　古流望

comicコロナの最新話を先読み！

おかしな転生

コミカライズ

第23話 前編

原作：古流 望
漫画：飯田せりこ
キャラクター原案：珠梨やすゆき
脚本：富沢みどり

TREAT OF REINCARNATION

冬の終わり――モルテールン
ガエンの群れが出た？
はい
南部のリプタウアー騎士領のほうから山を越えて来たようです
村人の証言ではかなりの数だったとのことです
ガエン…

ガエンとは
神王国南部で生息している
小型のシカを表す名称である
そもそも何で
あの険しい山を越えて
群れごと移動して
きたんでしょう
よりにもよって
この時期に
厄介な…
食い物が
ないんでしょうよ

それは
わかるのですが
何故
鹿の餌が
不足したのかが
わからないのですよ
南部は気候も温暖で
広大な森が
広がっていますし
野生動物の食料が
不足するとは
とても考えられない
のですが
ふむ
これは憶測だが…
先だっての
冷害の影響が
大きいのではないか？
うちの近隣の領地も
かなりの被害を受けて
畑も荒れたときく
それにより
領民が山に分け入り
森を荒らし
鹿の餌も少なくなった
となれば筋は通る
なるほど

それで荒れた森で餌やなわばりの争いが起き…
連鎖的に弱い種が追い出され
わざわざ山脈を越えてまでうちに来るはめに…というわけですか
私はそう思っている
狼の群れに追われて逃げて来たのであれば鹿にももっと必死な様子があるだろうが
餌を探しながら来ているのであればそう考えるのが自然だろう
理由はそうだったとして
問題はどう対処するかですよね
シイツどうします？
どうって言われましてもねぇ

うちで飼えないわけですから 狩るか 追い払うしか ねぇでしょうよ
俺としては 鹿狩りを提案します
鹿狩り!!
ひと昔前ならば 俺ら大人が総出で 追い払うってのが 精々だったでしょうが
今は領民が増え 人手が数倍に 増えています
なるほど 囲い込み猟は 大規模な軍事演習にも なります
それに上手くいけば お金儲けの チャンスになるかも
兵の数 兵の質 指揮官… これらが足りていれば 可能だろう
今の モルテールンなら 条件は揃っている と思うが…

コアントロー どう思う？
やるべきだ
理由は？
カセロールが…
おっと
ご領主様が迷うのもわかる
が俺は作戦次第では成功の目算がかなり高いと踏んでいるからだ
ほう
…その作戦とは？

ではこれより部隊を分ける
西の村《コッヒエン》の隊をニコロ
東の村《キルヒエン》をグラサージュ
はっ
はい
新村《ル・ミロッテ》の隊はコアントロー

本村の部隊は
シイツに
それぞれ預ける
わかりやした
私は以後
連絡役に徹する
皆
わかったか
オオ〜
承知
しました!!

よし
では
ペイス司令官・・・
後は頼んだぞ
司令官って…
よっ司令官！
大人たち
しかし
一任されたからには
ちゃんと！やらねば
ペイス〜

俺たちもペイスについて行くかんな！
そうだそうだ
俺たちだってちゃんと戦えるんだ!!
マルク!!
ルミ!!お前ら
あ〜あやっぱり来たか

ワイ
ワイ
俺たちゃ何すりゃいいんだ?
ペイス!!
このやんちゃども!!遊びに行くんじゃないぞ
ガエンの角にでも突かれたら大ケガじゃ済まんぞ!!
大丈夫だい
なっペイス
俺らも狩りの仲間に入れてくれよ

正直
邪魔だけしないでくれればいいという気持ちだけど
役に立って大人に評価されたいというこの子たちの気持ちもわかる
仕方ないなぁ
仕方ない
この子らはペイスに預けて一隊としよう
おお
それがいいですぜ
坊に任せやしょう
…厄介を押し付けましたね
では…

投石紐の準備を
野営地までの道中
投げやすい石を
見つけたら拾って
集めておいてください
絶対に
大人たちから
はぐれては
いけませんよ
任せろ
よっしゃ!!
は〜
い
ひょいっ
コアントローの
提案した
作戦とは——

狩場は
ハパパ山の
一番奥の谷
ペイスが兵の指揮を執り
カセロールが「瞬間移動」で
飛び回って連絡をする
山裾まで揃って行軍の後
コアントローの隊は
その場で待機
ニコロと
シイツの隊は
東回り
グラサージュの部隊は
西回りで山を包囲

南側は
シイツの隊が担当
所定の場所に着いたら
そのまま
父様の連絡が
あるまで待機
決して勝手に
動かぬよう
心してください
では…
進め!!
続きは CORONA EX コロナEX にてお楽しみ下さい!
TO books

（第15巻）
おかしな転生XV
ドラゴンはフルーツがお好き

2020年6月　1日　第1刷発行
2023年6月20日　第2刷発行

著　者　古流 望

発行者　本田武市

発行所　TOブックス
〒150-0002
東京都渋谷区渋谷三丁目1番1号　PMO渋谷Ⅱ　11階
TEL 0120-933-772（営業フリーダイヤル）
FAX 050-3156-0508

印刷·製本　中央精版印刷株式会社

ISBN978-4-86472-978-9